tage-buchverlag

MICHAEL KRICKEL

Der Name der Nacht

AUTOBIOGRAFISCHE
ERZÄHLUNG

TAGE-BUCHVERLAG

1. Auflage 2012
tage-buchverlag gmbh, Nusshof
Alle Rechte vorbehalten
Copyright © 2012 by Michael Krickel
Lektorat: Dr. Katja Furthmann, Kleinmachnow
Satz und Druck: Jungbluth Digital+Print, Freiburg
Umschlagfoto: Jerzy / pixelio.de
Printed in Germany
ISBN: 978-3-033-03139-5

Der Autor und der Erzähler danken Christian Hartel für seine umfangreiche Vorarbeit zur Entstehung dieses Buches.

Wir Menschen vergessen nicht. Wir können Gedanken verdrängen, wenn sie aufkommen und Platz einnehmen wollen, wir können auf die heilende Kraft der Zeit hoffen, wir können das Licht löschen und die Tür hinter uns verschließen, aber wir vergessen nicht. Die Erinnerung hat Bestand, sie ist das, was bleibt – wenn nicht in unseren Gedanken, dann in den Tiefen unserer Seele. Und wenn wir das Licht wieder anmachen, ist es, als hätte die Zeit dazwischen nie existiert, als wäre heute gestern, und alles, was wir zu vergessen geglaubt haben, liegt unmittelbar wieder vor uns.

Ich möchte meine Geschichte all jenen Menschen erzählen, die mich kennen, ohne meine Geschichte zu kennen. Ich will sie jenen Menschen widmen, die ihre Heimat nur noch in ihren Herzen tragen. Ich beschreibe die Dinge so, wie sie geschehen sind, wie ich sie erlebt habe. Ich erzähle, um vergessen zu können.

Nadjib Hamid

KAPITELVERZEICHNIS

Der Zigarettenverkäufer	11
Außergewöhnliche Kindheit	13
Große Entfernungen	16
Schweres Erbe	18
Türen und Tore	24
Das Ende einer Ehe	29
Machtübernahme	31
Drei Asse	36
Militärische Pflichten	39
Allamak Khan	45
Mutter geht	52
Zurück in der Hölle	56
Beim Schneider	62
Die Straße nach Lowgar	70
Eselritt	76
Im Lager der Rebellen	81
Zwischen den Reissäcken	86
Eine berauschende Nacht	90
Gehetzt und geschlagen	95
Nasenstrich	106
Der Name der Nacht	116
Im Feuerhagel	119
Alles oder nichts	121
Wo die Fische fliegen	131
Der Hund	135

Ein Funke Hoffnung	145
Der Mann mit dem Milchauge	147
Niemandsland	154
Über den Dächern Peschawars	160
Auf der anderen Seite der Mauer	166
Der General	172
Wem Ehre gebührt	175
Breakfast in America	180
Glückspilz	185
Entwurzelt	187

Der Zigarettenverkäufer

Aus dem faltigen, von der Sonne gebräunten Gesicht sah mich nur ein Auge an. Das andere fehlte. Es sah mich mit einer Eindringlichkeit an, als müsste es auch für das andere funktionieren, als wollte es mich davon abhalten, auf die linke Gesichtshälfte zu starren, auf die seltsam verwachsene Höhle zwischen Braue und Wangenknochen. Vielleicht trug der alte Markthändler auch eine Augenklappe, und die dunkle, fleischige Höhle ist nur ein Produkt meiner im Lauf der Zeit entrückten Erinnerung. Oder ich hatte mir damals gewünscht, der alte Mann möge eine Augenklappe tragen, die sein Gesicht etwas gefälliger hätte aussehen lassen. Der eindringliche Blick hielt mich auf seltsame Weise gefangen, als ich vor dem Händlerwagen stand, um Zigaretten für Vater zu kaufen, vor dieser klapprigen Holzkarre, die der Hazara – die meisten Markthändler gehörten den Hazaras an, einer persischsprachigen ethnischen Gruppe mongolischer Abstammung – nur weiterzuschieben brauchte, sobald sich woanders auf dem Basar eine bessere Möglichkeit zum Feilhalten seiner Waren bot.

Der Straßenhändler zählte in seiner Hand einzelne Zigaretten ab (weil Vater sich das Rauchen abgewöhnen wollte, kaufte er keine ganzen Schachteln), wickelte sie in Papier und hielt sie mir hin. Das Auge starrte mich einige Sekunden lang an, blickte einen Moment zum Himmel, fixierte mich wieder und nahm dann einen erschreckend prophezeienden Ausdruck an.

Großes Unheil werde geschehen, flüsterte der alte Mann, als wäre das, was er soeben zu sehen geglaubt hatte, nur für meine Ohren bestimmt und als gäbe es an seiner Vorhersage keinen Zweifel. Er nahm die Münzen für die Zigaretten entgegen und zählte sie ab. »Schreckliches wird unserem Land widerfahren«, murmelte er in seine Hand. »Heute ist der Anfang vom Untergang.«

Bleiern hing der Himmel über der Stadt. Die Sonne hatte sich an jenem Tag noch nicht gezeigt, obwohl dies für den Sommer in Kabul eher selten war, einige Dunstschleier lagen über den Hügeln von Bala-Hissar, der alten königlichen Festung. »Heute ist der Anfang vom Untergang«, wiederholte der alte Hazara immer wieder; ich konnte es an der Bewegung seiner Lippen erkennen und an der Art, wie er mir nachschaute, als ich mich beim Weggehen noch einmal umdrehte. Ich maß seiner Aussage keine große Bedeutung bei, denn Schreckensnachrichten und Verschwörungstheorien machten auf den Basaren in Kabul täglich die Runde, ohne dass man sie hätte ernst nehmen müssen.

Wenige Stunden später wurde in den Nachrichten überraschend von einem Staatsstreich berichtet. Dass König Sahir entthront worden sei. Dass sein Neffe, Sardar Daoud, ihn nach vierzig Jahren Herrschaft abgesetzt habe, um sich selbst zum Präsidenten zu ernennen.

Hatte der Hazara das vorausgesehen?

Außergewöhnliche Kindheit

Wir lebten in einem luxuriösen Haus im Stadtteil Shar-i-Nau, unweit des Königspalastes. In einer großen Familie wuchs ich sehr behütet auf und hatte das Glück, eine aktive und sorglose Kindheit erleben zu dürfen. Vater führte eine eigene Anwaltskanzlei und war Professor an der Universität von Kabul, darüber hinaus ging er zahlreichen Ämtern nach. Mutter leitete ein Gasthaus der UNO. Onkel, Tanten, Großeltern, Neffen, Geschwister, Freunde – immer war etwas los, fast täglich kamen Verwandte oder Freunde auf einen Besuch vorbei. Bedienstete waren in Afghanistan in wohlhabenden Familien die Regel, und so weitete sich mein häusliches Umfeld auf Kindermädchen, Diener, Gärtner, Köche und Chauffeure aus. Einige unserer Bediensteten wohnten sogar auf unserem Anwesen, an Räumlichkeiten mangelte es nicht.

Unser Kindermädchen sorgte liebevoll für mich und meinen jüngeren Bruder Wahid. Wir mochten sie sehr gern, sie war wie eine Mutter zu uns. Ich hatte alles, was sich ein Kind nur wünschen konnte.

Unser Leben war eng mit dem Königshaus verbunden. Großvater ging im Königspalast ein und aus wie andere im Hause eines guten Freundes. Er war ein Vertrauter des Monarchen, seine Funktionen reichten vom Hofminister und Erziehungsminister bis zum Außenminister und Botschafter. Er war ein sehr gebildeter, ernsthafter und unnahbarer Mensch, groß gewachsen und geheimnisvoll, gekleidet wie ein englischer Lord, mit Anzügen aus feinsten Stoffen, die Schuhe stets auf Hochglanz poliert. Zu Großvaters Besitz gehörten drei große Anwesen: Eines bewohnten meine Eltern, mein Bruder und ich, das andere mein Onkel Zia, und in der dritten Villa residierte Großvater selbst. Obwohl er in unserer unmittelbaren Nachbarschaft lebte (oder sollte ich besser sagen, wir in seiner?), bekamen wir ihn kaum zu Gesicht. Selbst Vater gegenüber verhielt er sich sehr reserviert. Wenn ich Großvater mein Schulzeugnis zeigen wollte, musste ich um eine Audienz bitten. Dann empfing er mich in seiner Bibliothek, wo er die meiste Zeit des Tages arbeitete, wenn er nicht im Dienste des Königs auf Reisen war, und belohnte mich mit Geld oder anderen Geschenken. Ich habe ihn nie lachen gesehen. Immerhin winkte er ab, wenn ich ihm die Hand küssen wollte. Die Tradition sah dies so vor, aber er verzichtete stolz und augenzwinkernd darauf.

Schon immer, soweit mir seine Geschichte bekannt ist, hatte Großvater für die Könige gearbeitet: zu Beginn seiner Karriere, in den Zwanzigerjahren, für König Amanullah, dann eine kurze Zeit für König Mohammed Nadir und schließlich vierzig Jahre lang bis zum Ende der Monarchie für König Mohammed Sahir. Ich war damals noch ein kleiner Junge, als König Sahir bereits seit dreißig Jahren an der Macht war. Im Kindergarten priesen wir ihn in Gesängen: Es lebe der König, lang lebe der König ... Für uns Kinder war er wie ein Vater, der Inbegriff einer sicheren, harmonischen und glücklichen Kindheit und Jugend in Afghanistan. Einmal begegnete ich dem König sogar persönlich – im Hause meines Großvaters durfte ich ihm die Hand küssen. Historiker schreiben über König Sahir, er sei eine der letzten Integrationsfiguren eines zerrissenen Landes gewesen, der Vater der afghanischen Nation, und charakterisieren seinen Regierungsstil als sanft und stabil, wenn auch wenig fortschrittlich.

Große Entfernungen

Da meine Mutter Schweizerin ist, fließt in meinen Adern kein reines afghanisches Blut. Zudem kam ich im Gegensatz zu meinem Bruder, der in Kabul geboren wurde, in Basel zur Welt. Mithilfe eines Stipendiums, ursprünglich für ein Studium in Paris gedacht, war mein Vater nach dem Zweiten Weltkrieg von Afghanistan in die Schweiz gereist, wo er in Genf ein Jurastudium begann. Dort lernte er auch Mutter kennen. Das Studium dehnte er auf sieben Jahre aus. Einerseits, weil ihm das eigene Land zu jenem Zeitpunkt keinen vergleichbaren Lebensstandard bieten konnte, und andererseits, weil er das Leben dem Studieren vorzog. Es gefiel ihm in Genf, es gefiel ihm in Basel, wo meine Eltern sich niederließen, um zu heiraten. Vielleicht wären wir sogar alle in der Schweiz geblieben, hätte Großvater nicht ein Wörtchen mitgeredet.

Meine ersten drei Lebensmonate musste ich wegen einer Magenverengung im Krankenhaus verbringen und war auch noch sehr geschwächt, als meine Eltern mich mit vier Monaten auf die Reise nach Afghanistan mitnahmen. Das war 1955. Trotz der Einwände von Großvater, der sich gegen die Heirat seines Sohnes mit einer Schweizerin ausgesprochen hatte und dem es nun auch missfiel, dass diese Person nach Afghanistan mitkommen sollte, hatte Vater es geschafft, Mutter zu überreden, ihn zu begleiten. Die europäische und die islamische Kultur seien einfach viel zu unterschiedlich, waren immer wieder Großvaters Worte gewesen. Zu groß die Gegensätze, für eine Schweizerin unüberwindbar. Als Botschafter des afghanischen Königshauses wusste er wohl, wovon er sprach.

Im Hafen von Genua stiegen wir einem Schiff aus London zu, mit dem auch Großvater unterwegs war. Der König hatte ihn gebeten, die Monarchin, die zwecks medizinischer Untersuchungen in England weilte, nach Hause zu begleiten. An jenem Tag in Genua begegneten sich Mutter und Großvater zum ersten Mal. Mutter hätte ihm und der Königin die Hand küssen sollen, wie es die Tradition verlangte, aber sie tat es nicht. Entgegen ihres vorherigen Versprechens blieben die Handküsse aus, was Vater sehr verärgerte und Großvater wohl in seiner Ansicht bekräftigte, eine solche Ehe habe keine Zukunft.

Unsere Schiffsreise führte uns bis nach Karatschi, der großen Hafenstadt von Pakistan, damals auch Hauptstadt, wo sich unsere Wege dann trennten. Während meine Eltern mit mir den langen Weg nach Peschawar einschlugen, reisten die Königin und Großvater nach Indien weiter. Die Hitze, die lange, beschwerliche Bahnreise in den Norden des Landes bis zur afghanischen Grenze und mein geschwächter Körper setzten mir als

Säugling arg zu. Ich war dem Tod sehr nahe bei der Einreise in das Land – und viele Jahre später bei der Ausreise sollte es nicht anders sein.

Schweres Erbe

Der Zigarettenverkäufer sollte recht behalten: Im Sommer des Jahres 1973 spitzte sich Afghanistans Lage bedenklich zu. König Sahir wurde von Sardar Mohammed Daoud, seinem eigenen Neffen, entthront. Afghanistan wurde zur Republik erklärt mit Sardar Daoud als Staatspräsident. Sahir hatte sich während des Militärputsches nicht einmal im eigenen Land aufgehalten, weilte in Italien zur Kur, als ihn die Nachricht erreichte. Offiziere der kommunistischen Parcham-Partei hatten auf Befehl von Sardar Daoud den Königspalast geräumt und viele Mitglieder der Königsfamilie ins Gefängnis geworfen. Großvater durfte sein Haus vorübergehend nicht mehr verlassen. Der Hausarrest setzte seiner jahrzehntelangen Regierungsarbeit ein jähes Ende. Nicht nur für ihn bedeutete Daouds Selbsternennung zum Präsidenten wohl auch den Anfang vom Ende überhaupt. Sahir blieb nur die Abdankung einige Tage später. Das war das Ende der Monarchie.

Sardar Daoud war unter König Sahir selbst zehn Jahre lang Premierminister gewesen. Er hatte von 1953 bis 1963 regiert und das Land mit seiner dynamischen Art aus der Lethargie gerissen. Daouds diktatorischer und militärischer Führungsstil aber missfiel dem sanften König Sahir, hier ließ sich wohl auch die Ursache ihrer gegenseitigen Differenzen finden. Großvater hatte viele Jahre lang mit Daoud gemeinsam für den König gearbeitet. Erst kürzlich kam mir ein Geschichtsbuch in die Hände, in dem Großvater und Daoud zusammen mit anderen Ministern bei der Unterzeichnung eines Vertrages abgebildet sind. Ich kannte Sardar Daoud nicht persönlich, aber seine Familie war mir wohlvertraut. Besonders zu Daouds zweitem Sohn Wais pflegte ich einen engen Kontakt, wir verbrachten viele Stunden gemeinsam auf dem Tennisplatz. Wais und auch seine Geschwister hielten nicht sonderlich viel von den politischen Ideologien und Ambitionen ihres Vaters, hinter vorgehaltener Hand pflegten sie gelegentlich zu sagen, er sei ein wenig verrückt.

Sardar Daoud hatte in der Militärakademie Bala-Hissar studiert. Er war dem Militär durch und durch zugetan und darauf bedacht, das Militärwesen auszubauen. Damit bereitete er allerdings auch den Nährboden für die russische Invasion im Jahr 1978. Wer konnte es Daoud verübeln, die Entwicklungshilfe aus dem Osten dankend anzunehmen, wenn sie aus dem Westen ausblieb? Gewiss hatte er sich um westliche Kontakte bemüht, doch so besetzten schon bald in der UdSSR ausgebildete Offiziere Schlüsselpositionen in der afghanischen Armee, bauten die Russen das afghanische Straßennetz aus, nahmen die Russen für Afghanistan wichtige Energiegewinnungsprojekte in Angriff und lieferten die Russen Militärhilfe in Millionenhöhe. Dass dies nicht aus Nächstenliebe geschah, lag auf der Hand. Doch wenn ein Land nun einmal auf fremde Unterstützung angewiesen war, um technisch und wirtschaftlich zu wachsen, wie sollte sich dieses rückständige Land entscheiden, wenn die Hilfe von einem mächtigen Staat wie Russland angeboten wurde – selbst wenn die westliche Presse Afghanistan damit als kommunistenfreundlich bezeichnete? Daoud war gar nichts anderes übrig geblieben. Es sei denn, er hätte seine Politik im Grenzkonflikt mit Pakistan geändert. Einer der Gründe nämlich, weshalb die Amerikaner sich zurückgezogen hatten, war der kalte Krieg zwischen Afghanistan und Pakistan, Daouds sture Haltung, die entlang der Durand-Grenze lebenden Paschtunen Afghanistan zuzuteilen und nicht dem unabhängigen Pakistan.

1963 dankte Sardar Daoud als Premierminister ab. Zum Unmut der Russen, die glaubten, mit ihm eine wichtige Marionette in ihrem strategischen Spiel verloren zu haben. Daoud zog sich aus der Öffentlichkeit zurück, sogar seiner eigenen Familie ging er aus dem

Weg. Damals rechnete wohl niemand ernsthaft damit, dass er eines Tages wieder zurückkommen würde, obwohl nach seinem Abgang sämtliche Vorkehrungen zur Abwehr eines möglichen Staatsstreichs getroffen wurden. In der Tat ließ Daoud auch zehn Jahre lang nichts von sich hören.

In diesen zehn Jahren sollte die neue liberale Verfassung zum Tragen kommen, an der auch Vater als Juraprofessor mitgearbeitet hatte. Es war die Zeit der großen inneren Unruhen im Land. Es war die Zeit der Dürren und Hungersnöte, weil über viele Jahre Bäume gerodet worden waren, um Brennholz zu gewinnen. Fünfundneunzig Prozent der Bevölkerung waren Analphabeten, die industrielle Entwicklung des Landes steckte immer noch in den Kinderschuhen. In den ländlichen Provinzen verhungerten allein zwischen 1970 und 1971 fünfhunderttausend Menschen, Kleinkinder wurden für Brot verkauft. Die Regierung hatte sowohl innen- wie außenpolitisch mit gravierenden Problemen zu kämpfen – und dies schon seit Jahrzehnten. Kommunistische Parteien gewannen immer mehr Einfluss auf das politische Geschehen. In den Straßen waren leninistische Parolen zu hören. Auf der anderen Seite wiegelten Gruppierungen islamischer Fundamentalisten die Landbevölkerung auf, weil sie glaubten, die liberal eingestellte Regierung entfremde sich vom Islam. Premierminister kamen und gingen, zwischen 1965 und 1973 hatte der

König vier Regierungswechsel zu verzeichnen. Man kann nicht behaupten, dass diese Männer ihrer Aufgabe nicht gewachsen gewesen wären. Sie hatten nur mit zu großen Widerständen zu kämpfen.

Mit seinem Staatsstreich 1973 trat Daoud also ein schweres Erbe an. Fünf Jahre lang versuchte er, die Entwicklung des Landes seinen Vorstellungen entsprechend voranzutreiben. Er arbeitete am Landwirtschafts- und Hochschulgesetz. Er ließ mithilfe russischer Ingenieure das Straßennetz ausbauen. Er vereinbarte mit dem Iran einen Finanzkredit in Milliardenhöhe zwecks Bau einer Eisenbahnlinie. Er zeigte sich mit Pakistan versöhnlich, indem er seine langjährige Politik eines unabhängigen Paschtunistan aufgab. Weil er vom pakistanischen Präsidenten Bhutto bei Breschnew dennoch ins falsche Licht gerückt wurde, verlor er Breschnews Vertrauen und die russische Unterstützung und änderte danach radikal seine Politik, indem er sich westlich orientierte.

In diesen fünf Jahren Machtherrschaft stürzte Daoud das Land endgültig ins Verderben. Natürlich hatte sich das Schicksal Afghanistans nicht allein in diesen fünf Jahren entschieden. Angesteckt mit dem russischen Virus hatte sich das Land schon viel früher, weit vor der Einführung der neuen demokratischen Verfassung. Man könnte wohl von einer schleichenden russischen Invasion sprechen, einer heimlichen sozialen Revolution. Mit jedem russischen Ingenieur, der in Afghanistan

Entwicklungshilfe leistete, mit jedem afghanischen Offizier, der in Russland sein Militärstudium absolviert hatte, gewannen die Sowjets an Macht. Bereits die letzten zehn Jahre unter König Sahir waren von Aktivitäten marxistisch-leninistischer Gruppierungen und von Studentenunruhen überschattet. Der Kommunismus hatte sich im Verborgenen entwickelt – gebildete Kreise pflegten die kommunistische Denkweise und verbreiteten sie im Volk. Die Ideologie konnte sich ausbreiten, weil Dinge sich immer ausbreiten, solange man mit der gegenwärtigen Situation nicht zufrieden ist. Und das einfache Volk war nicht zufrieden, weil es nichts zu essen hatte, und die Studenten waren nicht zufrieden, weil sie ihr Wissen nach dem Studium nicht in attraktiven Berufen umsetzen konnten und weil sie durch kommunistisch angehauchte Professoren bereits lernten, mit der Regierung unzufrieden zu sein.

Die Gründung einer kommunistischen Partei, der sogenannten PDPA, ging so bereits in das Jahr 1965 zurück. Ein Studentenaufstand im Parlament zeigte, wie leicht sich die auf wackligen Füßen stehende Regierung unter Druck setzen ließ. Die Partei gewann an Stärke, immer mehr Menschen traten ihr bei, hauptsächlich Personen aus gebildeten Gesellschaftsschichten und Offiziere, die in Russland studiert hatten. Sogar die spätere Spaltung in zwei Fraktionen nutzten die Sowjets geschickt für sich. Sardar Daouds Versuch kurz vor seinem Ende, den kommunistischen Einfluss niederzumachen, kam viel zu spät und scheiterte kläglich. Es reichte nicht, sämtliche Offiziere, die er selbst zuvor in Schlüsselpositionen gesetzt hatte, einfach wieder aus dem Kabinett zu entfernen. Längst hatte die Khalq-Fraktion im Volk die Mehrheit erreicht. Längst funktionierten viele seiner eigenen Leute bereits unter dem Diktat von Moskau. Längst war Daoud selbst zur Marionette sowjetischer Funktionäre geworden.

Türen und Tore

Die politischen Probleme meines Landes weckten zu jener Zeit kaum mein Interesse. Macht man sich Gedanken über das Wohlergehen eines Volkes, wenn man selbst im Überfluss aufwächst? Hinterfragt man das politische System, wenn es einem an nichts mangelt? In den Jahren, nachdem Sardar Daoud als Premierminister abgedankt hatte und offiziell von der politischen Bildfläche verschwunden war, entdeckte ich die Welt des Tennis. Urheber dieser Leidenschaft war Vater, schon früh hatte er mich auf die Plätze mitgenommen. Der Tennissport sollte mein Schicksal in Afghanistan entscheidend beeinflussen, was ich damals nicht ahnen konnte.

Weil Großvater auf einem Rasenplatz im Königspalast häufig mit König Amanullah und später mit König Mohammed Nadir Tennis gespielt hatte, wurde dieser Sport auch in unserer Familie gewissermaßen Tradition. Tennis war in Afghanistan eine kostspielige Angelegenheit, nicht viele Menschen konnten sich diese Sportart leisten, weshalb talentierte Tennisspieler im Land spärlich gesät waren. Ich machte auf dem Court rasch Fortschritte und wurde 1968 mit dreizehn Jahren afghanischer Juniorenmeister. Daneben spielte ich mit Begeisterung Fußball im Nationalteam U16 und U18 und betrieb zudem Leichtathletik. Die hundert Meter lief ich in handgestoppten elf Sekunden – meine Schnelligkeit sollte mir später in heiklen Situationen noch zugutekommen.

Der Tennissport aber war meine Welt und öffnete mir Türen und Tore. Ich durfte Länder bereisen wie Bulgarien, Indien oder China, auch in Russland war ich mehrere Male. Ich schloss Bekanntschaft mit ausländischen Sportlern, Trainern und Betreuern. Jedes Jahr fanden im Deutschen Tennisclub in Kabul die afghanischen Meisterschaften statt. Bereits mit siebzehn wurde ich dort Landesmeister – ein Höhepunkt meines spannenden und erfolgreichen Jugendlebens. Dieser Sieg war nicht nur für mich von großer Bedeutung, auch die Stadt Kabul feierte ihn als kleine Sensation. Ich hatte im Finale Omar Seraj besiegt, jenen in der Öffentlichkeit nicht gerade beliebten Omar Seraj, der seit zehn Jahren an der Spitze des Tennissports Afghanistans stand. Nun waren alle froh, dass er als Meister endlich abgelöst worden war. Ich hatte jenen Omar Seraj besiegt, dessen Vater afghanischer Sportpräsident und Liebling des Königs war und der eigens für seinen Sohn einen pakistanischen Trainer eingestellt hatte, der Khan Saheb hieß und hinter Omars Rücken uns alle unterstützte. Kabul feierte; im Deutschen Tennisclub herrschte Ausnahmestimmung. Mutter rauchte vor lauter Nervosität drei Schachteln Zigaretten. Nach meinem Sieg trug mich Prinz Nader Shah, der Sohn des Königs, mit dem ich oft Tennis gespielt hatte, auf seinen Schultern durch die jubelnde Zuschauermenge. In den nächsten Tagen waren Fotos von mir in allen Zeitungen zu sehen, Interviews wurden gedruckt, und die Radiosender berichteten ebenfalls über meinen Sieg. Dies war 1972, zu einem Zeitpunkt, als sich die freie Presse sonst mit anderen, hauptsächlich politischen Themen beschäftigte.

Fünf Jahre später, im Sommer 1977, marschierte ich in Sofia auf der Universiade – der Olympiade der Studenten – als einziger afghanischer Athlet mit wehender Fahne in das riesige Stadion ein. Tausende von Menschen applaudierten, winkten und riefen uns zu. Ich war stolz, als junger Tennisspieler und Vertreter aller Sportler unseres Landes auftreten zu dürfen. Und weil Afghanistan mit Af beginnt, gehörte ich auch noch zu denjenigen, die als Erste ins Stadion einlaufen durften. All den großen Delegationen, die nach mir kamen – aus Europa, China, den USA, Russland und so weiter –, konnte ich aus nächster Nähe beim Einlaufen zusehen. Es war eine unfassbare Ehre, eine heile Welt, die Welt von Freunden, Sportlern, jungen Menschen. Da der Olympische Weltverband nur einen Athleten aus Afghanistan zur Universiade eingeladen hatte und unserem Land andererseits das Geld fehlte, um mehreren Sportlern die Reise nach Bulgarien zu ermöglichen, hatte unser Sportpräsident Wahid Etemadi sich für die Tennisdisziplin und den afghanischen Tennismeister entschieden.

Bereits am Tag nach der Eröffnungsfeier trug ich mein erstes Spiel gegen einen Australier aus – ein ungleiches Match, das ich ziemlich deutlich verlor. Ich spielte mit meinem Dunlop-Racket. Vater hatte es mir damals aus Paris mitgebracht und musste dafür ein volles Monatsgehalt ausgeben, obwohl er als Professor an der Kabuler Universität nicht schlecht verdiente. Meine russischen und pakistanischen Ersatzschläger aus Holz hatte ich gar nicht erst ausgepackt. Es beschämte mich, wenn ich sah, mit welchem Spielmaterial meine Gegner aufwarteten: topmoderne Rackets aus Aluminium oder Kunststoff in mehrfacher Ausführung. Was das Spielmaterial betraf, wurden mir und meinen Anhängern aus der afghanischen Botschaft die Grenzen rasch und deutlich aufgezeigt – die Enttäuschung über das frühe

Aus durch die unvergesslichen Erlebnisse allerdings ebenso schnell wieder wettgemacht. Da war der Flug nach Bulgarien, das olympische Dorf in Sofia, die Feierlichkeiten, die vielen Athleten aus aller Welt, die Stimmung während der Wettkämpfe, das berauschende Abschlussfest, tanzende, singende, glückliche Menschen ...

Eines der verrücktesten Kapitel meiner Sportlerkarriere war die Landesbegegnung mit der Nationalmannschaft von China, die 1976 in Kabul gastierte. Am selben Tag und zur selben Zeit wurde in der Deutschen Amani Schule das Halbfinale im Fußball ausgetragen. Eine Fußballliga existierte in Afghanistan erst seit wenigen Jahren, Turniere zwischen den Schulen besaßen nach wie vor die größere Bedeutung. Wir spielten gegen die Mannschaft von Herat, und eigentlich sollte ich die Position des Mittelstürmers einnehmen. Aber da ich eben an jenem Tag gegen die Chinesen Tennis spielen musste, konnte ich nicht auf beiden Hochzeiten tanzen.

Ich hatte soeben mein Spiel gegen die Nummer eins von China verloren, als mein Fußballkollege Fazel auftauchte und mir die Nachricht überbrachte, dass unsere Mannschaft mit 0:1 im Rückstand liege und dass der Trainer ihm befohlen habe, mich holen zu kommen. Die zweite Halbzeit habe gerade erst begonnen und sie seien auf meinen Einsatz angewiesen. Ich müsse aber in Kürze Doppel spielen, wandte ich ein, doch davon wollte Fazel nichts wissen. Also setzte ich mich auf den Lenker von Fazels Fahrrad und wir fuhren los. Die Schule war nur einen Katzensprung vom Tennisclub entfernt, sodass wir Augenblicke später dort eintrafen. Unser Trainer schickte mich sofort in die Kabine, damit ich mich umziehen und eingewechselt werden konnte. Innerhalb weniger Minuten erzielte ich zwei Tore und wurde zum Helden des Tages, da wir gegen Herat letztlich mit 2:1 gewannen. Fazel brachte mich im Anschluss zum Tennisclub zurück, wo das Doppel mit meinem Stammpartner Ashraf gerade beginnen sollte. Und auch dort konnte ich nach einem starken Match erfolgreich vom Platz gehen.

Der Sport war mein Leben, bevor Afghanistan, so wie ich es kannte, aufgehört hatte zu existieren.

Das Ende einer Ehe

Mutter hatte genug vom Land, von ihrem fremden Leben in Afghanistan. Obwohl Afghanistan seit mehr als zwanzig Jahren ihre Heimat war, hatte sie sich als Schweizerin nie mit der islamischen Kultur und Lebensweise anfreunden können. Sie handelte wie eine Schweizerin, war überaus exakt, fast pingelig, sparsam – Eigenschaften, an denen auch ich mich oft genug stieß.

Aber sie war eben so. Und sie hatte genug von Vater. Er liebte die Geselligkeit und die Frauen – oder vielmehr seine Affären mit anderen Frauen. Welcher Beziehung schadet dies nicht? Doch Afghanen folgten nun einmal einer anderen Auffassung von der Ehe, in islamischen Ländern war die Polygamie Brauch – für eine Europäerin unvorstellbar. So trieb der Unterschied zwischen ihm und meiner Mutter die beiden immer weiter auseinander. Während er sich auf Partys vergnügte, zog sie sich mehr und mehr zurück. Schließlich schwängerte er eine andere Frau und war gezwungen, sie zu heiraten. Die Hochzeit musste im Geheimen stattfinden, Mutter durfte natürlich nichts davon wissen, und auch mein Bruder und ich hatten damals keine Kenntnis davon. Ich spürte jedoch, dass etwas in Gange war, schließlich war Vater immer häufiger nicht zu Hause. Meistens verließ er unser Haus nachts und kam früh morgens wieder zurück. Bis zu jenem Tag, an dem auch Mutter davon Wind bekam. Sie verwies Vater des Hauses, was in unserer Verwandtschaft für große Aufregung sorgte. Von jenem Moment an nahm unser familiäres Leben eine Wende.

Ich war achtzehn, als dies passierte. Es geschah ziemlich genau in der Zeit, als Daoud den König stürzte und Großvater seine Arbeit am Königshaus verlor. Ich kam mit der neuen Situation recht gut zurecht, aber meinen Bruder warf die Trennung aus dem Gleichgewicht.

Er ging nicht mehr zur Schule, hörte mit dem Sport auf und fing an, Drogen zu nehmen und sich mit den falschen Leuten zu treffen.

Vater bezog ein Apartment in der Chicken Street im Stadtzentrum, zusammen mit seiner neuen Ehefrau. Seinen ausschweifenden Lebenswandel setzte er unverändert fort. Er vernachlässigte seine zahlreichen Ämter, lebte fröhlich in den Tag hinein, verschwendete kaum einen Gedanken an die Zukunft und legte auch kein Geld zur Seite. Mutter zog mit Wahid und mir in ein kleines Haus weiter nördlich in der Nähe der Sherpur-Moschee, das nicht annähernd an den Luxus unseres mittlerweile längst verkauften Anwesens heranreichte. Immer häufiger sprach sie davon, endgültig in die Schweiz zurückkehren zu wollen. Und obwohl sie für uns sorgte, entfremdeten wir uns im Laufe der Jahre immer mehr von ihr. Oder sie sich von uns.

Machtübernahme

An einem Nachmittag im April 1978 traf ich mich mit meinem Freund Zidik. Bei ihm zu Hause wollten wir auf zwei Mädchen warten, mit denen wir uns für später verabredet hatten. Zidiks Eltern waren nicht zu Hause, und das wollten wir ausnutzen. Damals war ich dreiundzwanzig, frischgebackener Student an der Kabuler Universität. Das Abitur hatte ich aufgrund meiner zahlreich bestrittenen Tenniswettkämpfe mit zweijähriger Verspätung am französischsprachigen Lycée Esteqlal abgeschlossen und wollte mit dem Jurastudium in die Fußstapfen meines Vaters treten. Was mir fehlte, war der nötige Enthusiasmus, um das Studium ernsthaft anzugehen. Dem Unterricht blieb ich meist fern, weil ich lieber Tennis spielte oder einfach den Tag genießen und mich mit meinen Freunden Zidik und Rahman und mit Mädchen treffen wollte. Manchmal war ich auch zu Wettkämpfen im In- und Ausland unterwegs. Und schließlich ging es mir nicht anders als vielen anderen Studenten in Afghanistan: Der Mangel an beruflichen Perspektiven bremste die Lernmotivation.

An jenem Nachmittag im April warteten wir vergeblich auf die beiden Mädchen. Die Zeit schritt voran, und nachdem wir uns lange genug in Geduld geübt hatten, riefen wir sie schließlich an. So erfuhren wir von einem gewaltigen Militäraufgebot in der Stadt, von Tumulten und Aufruhr, und dass die beiden Mädchen Angst hätten, auf die Straße zu gehen. Zidiks Haus lag im Westen der Stadt in der Nähe der Universität, vom Zentrum aus gesehen hinter dem Koh-e-Asamai, einem zweitausend Meter hohen Berg, dessen oberer Teil im Winter verschneit war und der mit dem Koh-e-Sher Darwaza die

Stadt Kabul halbierte. Wir hatten vom Einmarsch der Soldaten nichts mitbekommen.

Neugierig und von der Warnung der Mädchen unbeeindruckt stiegen wir sofort in Zidiks alten roten Chevrolet und fuhren die vier Kilometer in Richtung Stadtzentrum. Irgendwo begegneten wir dem ersten Panzer. Irgendwo stellten wir das Auto ab und liefen zu Fuß weiter. Die Straßen waren erfüllt von ohrenbetäubendem Lärm. Je weiter wir ins Zentrum vordrangen, desto lauter kreischten die abgefeuerten Granaten und hämmerten die Serienfeuer der Gewehre.

Trotz der großen Gefahr waren auf den Straßen unzählige neugierige Menschen unterwegs, Bürger aus Kabul, die die Welt nicht mehr verstanden. Unmittelbar neben uns feuerte ein Panzer Raketen auf den Königspalast ab. Gewaltige Detonationen folgten, Mauerstücke flogen durch die Luft und fielen zig Meter entfernt zu Boden. Um uns herum brach eine friedliche Welt zusammen, ein Gefüge, in dem wir uns stets sicher und geborgen gefühlt hatten. Parkanlagen, Basare, Einkaufsstraßen gingen in beißendem Rauch unter; ich hatte Angst um unser Schulgebäude, das geliebte Lycée Esteqlal, das an das Areal des Königspalastes grenzte. Was wir sahen, war unbegreiflich. Die Menschen standen fassungslos da, rannten, weinten, schrien. Als über unsere Köpfe hinweg Kampfflugzeuge afghanischer Militäreinheiten den Königspalast ins Visier nahmen und ihn bombardierten, rannten auch Zidik und ich los. Die Frage, weshalb denn eigene Flugzeuge, kam uns in dem Moment gar nicht in den Sinn. Wir hasteten zum Wagen zurück. Schockiert von den Ereignissen sprachen wir während der Fahrt kein Wort miteinander.

Wir schlugen die nördliche Richtung nach Shar-i-Nau ein, um Zuflucht im Haus meiner Mutter zu finden. Die Straßen waren verstopft, überall standen Militärfahrzeuge und schwere Panzergeschütze. Erst nach etlichen Umwegen auf Nebenstraßen trafen wir zwischen sechs und sieben Uhr abends zu Hause ein. Weder Mutter noch Wahid war da, ich machte mir Sorgen, wo sie waren. Wir stiegen aufs Dach, um weiterverfolgen zu können, was im Zentrum vor sich ging. Wie oft hatten wir früher hier oben gesessen, um den Leuten auf den Straßen beim Drachensteigen zuzusehen oder selbst an den traditionellen Wettkämpfen teilzunehmen! Mindestens einmal jährlich fanden sie statt. Hunderte von Drachen waren einst im Wind geflattert, ihre Schnüre mit Glassplittern überzogen, um die Schnüre der anderen Drachen damit in gekonnten Aktionen zu kappen, bis der Sieger feststand. Ebenso zur Tradition gehörten die Läufer, die unten in den Straßen das Schauspiel am Himmel beobachteten und nur darauf warteten, die herabfallenden Drachen für sich zu ergattern. Und plötzlich saßen wir da mit hochgezogenen Knien und Blick in den Himmel; und was wir über unsere Köpfe hinwegfliegen sahen, waren keine Drachen, sondern Kampfjets, die im Tiefflug den Königspalast angriffen. Die einsetzende Dämmerung ließ die Attacken noch unheimlicher wirken, als sie ohnehin schon waren: Lichtblitze zuckten über der Stadt, grelle Explosionen verwandelten das Zentrum in einen Ort der Zerstörung. Wortlos kauerten wir da und wohnten dem entsetzlichen und gleichsam faszinierenden Schauspiel bei. Eine heile Welt war zerbrochen. Immer und immer wieder heulten Raketen durch die Luft, gingen Granaten auf den Königspalast nieder, begleitet von unserer einzigen Frage: Was in aller Welt ging hier nur vor sich?

Später wagte Zidik den Heimweg, trotz der verstopften Straßen kam er sicher ans Ziel. Auch Mutter und Wahid trafen kurz darauf unversehrt zu Hause ein. Noch bis in die Nacht waren in der Ferne die bedrohlichen Geräusche der Kampfhandlungen zu hören, dann folgte eine gespenstische Stille. In jener Nacht tat keiner von uns ein Auge zu. Alle saßen wir in der kleinen Stube und lauschten, hatten das Radio aufgedreht in der Hoffnung auf Aufklärung.

In den frühen Morgenstunden erfuhren wir schließlich, was passiert war: Die Kommunisten seien nun an der Macht, wurde im Radio verkündet, die Regierung sei gestürzt worden, und Staatspräsident Daoud sei nicht mehr am Leben.

Drei Asse

Sardar Daoud war selbst einem Staatsstreich zum Opfer gefallen. Nach seiner Ermordung und der Machtübernahme durch die Kommunisten im April 1978 nahm das Leben in Kabul eine abrupte Wende. Es begann die Zeit der Auflehnung gegen das kommunistische Regime. Immer häufiger war von Kämpfen der Mudschahedin zu hören, von revoltierenden Soldaten oder aufständischen Dorfbewohnern. Für die islamischen Freiheitskämpfer waren Kommunisten Ungläubige. Im Gegenzug litt die Bevölkerung unter Angst und Unsicherheit und wurde von willkürlichen Kontrollen kommunistischer Militärs in Schach gehalten. Das Misstrauen stieg, Verhaftungen, Ermordungen, öffentliche Hinrichtungen häuften sich, überall lauerten Spione. Während wir früher frei und unbeschwert durch die Straßen Kabuls schlendern konnten, standen nun an jeder Straßenecke Wächter, die Personenkontrollen durchführten. Vor jedem Schulzimmer oder Büro waren bewaffnete Soldaten postiert. Wir mussten Identitätskarten bei uns tragen. Zwischen zehn Uhr abends und sechs Uhr morgens war es verboten, auf die Straße zu gehen.

Auch während der nächtlichen Ausgangssperre patrouillierten Soldaten auf den Straßen. Sie machten sich die Dunkelheit zunutze und demonstrierten ihre Machtposition auf ihre eigene primitive Weise. Ich erinnere mich an die Nacht, die wir fröhlich singend und plaudernd im Haus eines Freundes verbrachten, als wir vom Militär überrascht wurden. Das Haus befand sich im noblen, modernen Stadtviertel Wazir Akbar Khan. Wir waren zu acht, machten zuerst eine Weile Musik, aßen zu Abend, tranken dann Whisky und Wodka und vertrieben uns die Zeit mit Flush, einer Art Pokerspiel.

Das Fenster warf Licht auf die Straße, und auch unsere heitere Unterhaltung war draußen wohl nicht zu überhören. Plötzlich klopfte es an der Tür. Unser Gastgeber erschrak, öffnete verunsichert und kehrte in Begleitung zweier Uniformierter zurück. Einer davon, ein glatzköpfiger Offizier mit buschigem Schnauzer, kam auf uns zu und meinte, wir sollten keine Angst vor ihm haben, er wolle nur ein oder zwei Runden mitspielen. Seine umgehängte Kalaschnikow ließ uns keine Wahl. Auch der Soldat, der an der Wand stehen geblieben war und abwartete, trug eine Kalaschnikow. Wir alle hatten Karten in der Hand, und das Geld, um das wir spielten, lag offen in unserem Kreis auf dem Fußboden.

Wir schwiegen. Jemand lud den Offizier mit einer Handbewegung ein. Er setzte sich, die Karten wurden neu verteilt und der Einsatz bestimmt. Ich hatte eine glückliche Hand an jenem Abend, trotz des störenden Fremdkörpers in unserer Runde. Immer wieder strich ich meinen Gewinn ein. So ging das eine ganze Weile. Wir spielten und tranken Wodka – bis zu jener Runde, in der ich drei Damen in der Hand hielt. Ich bot so viel Geld, dass alle ausstiegen, mit Ausnahme des Offiziers. Ich wollte seine Karten sehen, worauf er mich aufforderte, meine zuerst zu zeigen, was nicht den Regeln entsprach, aber das kümmerte ihn nicht. Also deckte ich meine drei Damen auf. Schon wollte ich siegessicher nach dem Geld greifen, als er Halt rief und behauptete, drei Asse zu haben. Ich ahnte, dass er bluffte. Dann warf er seine Karten vor sich auf den Boden, die eine schlechter als die andere, und legte die Kalaschnikow auf das Geld.

»Damit habe ich immer drei Asse«, rief er, lachte dabei schallend und zog die vielen Geldscheine von der Kreismitte zu sich heran. Sichtlich amüsiert befahl er seinem Soldaten, das Geld einzustecken. Es sei nett gewesen, mit uns zu spielen, fügte er hinzu, dann gingen die beiden zur Tür und verschwanden in die Nacht.

In dieser Zeit der willkürlichen Kontrolle entwickelte sich der Alltag allmählich zum Albtraum. Die Lebensmittel wurden rationiert, Essensmarken konnte man zwar günstig kaufen, doch die Lebenshaltungskosten stiegen immer weiter. Ebenso rasant stieg der Hass auf die kommunistischen Funktionäre und die Regierungsführung. Wo es nur ging, versuchte man, dem Regime zu schaden. Sabotageakte standen auf der Tagesordnung, Heckenschützen lauerten überall und nahmen sowjetische Soldaten ins Visier. Allmählich wurde es für kommunistische Funktionäre viel zu gefährlich, sich allein in der Stadt zu bewegen, letztlich blieb das Flugzeug als einziges Verkehrsmittel, um ohne Risiko von einem Ort zum anderen zu gelangen.

Aus der Stadt Herat im Westen des Landes wurden im März 1979 die bis dahin schwersten Kämpfe vermeldet. Die Bevölkerung ging derart grausam gegen die Kommunisten vor, dass sich diese in der Freitagsmoschee verbarrikadierten, bis sie von den Aufständischen dort herausgeholt und vor der Moschee öffentlich hingerichtet wurden. Binnen einer Woche gab es in Herat keine Russen mehr. Auch in den östlichen Provinzen griffen Dorfbewohner Soldaten an. Sie konnten Gewehre und Munition erbeuten. Die Regierung antwortete mit einem grauenvollen Vernichtungsakt: Sowjetische Flugzeuge bombardierten wahllos Dörfer, Kinder wurden ermordet und die mutigen Aufständischen mit Panzern überrollt.

Militärische Pflichten

Eines Tages war ich zu Fuß in der Stadt unterwegs, als an der Kreuzung Malek Asgar ein Militärjeep neben mir stoppte. Erschrocken blieb ich stehen. Im Wagen saßen ein Offizier und zwei Soldaten.

»Was tust du hier?«, fuhr mich eine forsche Stimme an. »Warum bist du nicht im Dienst?« Ich war vor Schreck wie gelähmt. Der Blick des Offiziers traf mich vernichtend.

»Ich studiere«, sagte ich vorsichtig.

Da stieg er aus und schlug mir mit der flachen Hand ins Gesicht. Was mir eigentlich einfalle, schrie er. Das sei bloß eine feige Ausrede. Schließlich herrsche Krieg. Ob ich das noch nicht begriffen hätte. Er hielt einen Augenblick inne, wohl in der Annahme, dass ich mich entschuldigen würde, doch ich stand nur stumm da.

»Du hast dein Land zu verteidigen«, brach er mein Schweigen. »Das ist deine Pflicht!« Plötzlich sprangen auch die beiden anderen aus dem Wagen. Sie packten mich und stießen mich in den Jeep, auf dem Rücksitz setzten sie sich links und rechts neben mich. Der Jeep fuhr los. Das Ganze ging so schnell, dass ich nicht imstande war, irgendetwas zu unternehmen. Sie sagten nicht, wo es hinging und was sie mit mir vorhatten. Mir wurde angst und bange. In Gedanken sah ich mich schon über den Kasernenhof marschieren, mit anderen Soldaten irgendwo im Kugelhagel untergehen. Vielleicht würde ich mein Zuhause nie wiedersehen. Keiner wusste, wo ich geblieben war, ich konnte niemanden benachrichtigen, hatte nicht einmal Sachen bei mir. Immer wieder hörte man, dass gerade Studenten zum Militärdienst gezwungen wurden. Aber ich wollte nicht Soldat werden. Ich wollte nicht auf der

Seite des Regimes gegen mein eigenes Land kämpfen müssen.

Die Fahrt endete in einem Rekrutierungszentrum der Armee am nördlichen Stadtrand. Dort nahmen sie mir meinen Ausweis ab und ließen mich mindestens zwei Stunden lang in einem schäbigen Zimmer warten, ohne mich zu informieren, wie es weiterging. Dann wurde ich von denselben Soldaten wieder zum Jeep gebracht. Diesmal fuhren wir in südliche Richtung bis zum Sportstadion von Kabul, das nun als eine Art Militär-Umschlagplatz diente. Militärfahrzeuge, Busse, Lastwagen, Offiziere, Soldaten, Rekruten, junge Männer, Knaben, die sich entweder freiwillig zum Dienst gemeldet hatten oder wie ich gewaltsam eingezogen worden waren: Hier bot sich der Anblick eines heillosen, hektischen Durcheinanders. Hier herrschte Aufbruchsstimmung, hier bereitete man sich auf den Krieg vor, hier wartete man auf seine Einteilung oder Verschiebung an einen der zahlreichen Kriegsschauplätze im Land.

Panik ergriff mich. Zwar hatte ich den Einzug ins Militär befürchtet, nun aber konnte und wollte ich mich damit nicht abfinden. Ich wurde wütend, spürte den Hass in mir aufsteigen, den Hass auf die Kommunisten, den Hass auf mein eigenes Schicksal. In welche Stadt würde ich verlegt werden? In welche Kaserne? Vor Übelkeit wurde mir schwarz vor Augen.

Nach weiteren zwei Stunden des Wartens schien mein Ziel festzustehen: Ich sollte nach Mazār-i Scharif kommen, eine große Stadt im Norden des Landes unweit der usbekischen Grenze. Mit ungefähr dreißig anderen Personen wurde ich in einen alten Militärbus verfrachtet, die Abfahrt sollte sofort losgehen. Da wurde mir plötzlich klar, dass ich nie wieder heil zurückkehren würde, dass ich jetzt, in diesen Sekunden etwas unternehmen musste, um meinem Unheil noch zu entkommen – und stieg einfach aus dem Bus.

Sofort stellte sich mir ein bewaffneter Offizier in den Weg. Was ich denn vorhätte, fragte er barsch. Was mir eigentlich einfalle, hier einfach rauszuspazieren?

»Ich habe mein Gepäck vergessen«, gab ich spontan zur Antwort. »Es muss dahinten irgendwo stehen.«

Er musterte mich ungläubig, dann folgte eine hektische Kopfbewegung.

»Jetzt aber schnell«, keifte er. »Beweg dich! Wir haben nicht den ganzen Tag Zeit. Wir müssen hier weg.«

Ich rannte los. Mitten über den Platz, zwischen all den Soldaten und Offizieren hindurch. Und ich konnte es kaum glauben: Niemand hielt mich auf. Das Durcheinander war so groß, dass mein Abgang nicht bemerkt wurde. Es gab keine Kontrollen. Wer es also wagte, konnte sich einfach aus dem Staub machen, fuhr es mir durch den Kopf, und ich rannte, so schnell ich konnte.

Unweit des Sportstadions befand sich ein Bezirk, den man Mikrorayon nannte. Ein von den Russen erbauter, neuer Stadtteil mit für Kabuler Verhältnisse modernen, aber kalten Wohnblöcken, wie sie für das kommunistische Russland typisch waren. Mein Onkel Zia wohnte dort, nachdem er sein Haus im Bezirk Shar-i-Nau vermietet hatte. Bei ihm wollte ich untertauchen. Ich betete, dass er zu Hause sein möge – und hatte Glück.

Von seinem Telefon aus rief ich Vater an und erzählte ihm, was passiert war. Er reagierte sehr besorgt und machte sich sofort auf den Weg. Derweil wurde mir bewusst, was ich eigentlich getan hatte und dass ich mir mit meiner Affekthandlung keine Vorteile verschafft hatte. Vater traf ein, ratlos. Eine vernünftige Lösung müsse her, meinte er schließlich. Eine Lösung allerdings, die mich vor dem Krieg verschone.

»Du kannst nicht dorthin zurück«, sagte er. »Jetzt schon gar nicht. Wir müssen sehen, wie wir dich irgendwie aus der Affäre ziehen. Am besten, du tauchst für eine Weile unter.«

»Ich muss aber zurück«, wandte ich ein, obwohl ich Vaters Meinung durchaus teilte. »Die werden mich suchen. Die haben meine Personalien, und dann finden sie mich, egal wo ich bin. Wo soll ich mich denn verstecken? Das gibt für uns alle nur Probleme.« Und nach einem Moment betretenen Schweigens fügte ich hinzu: »Ich will aber auch nicht nach Mazār-i Scharif.«

Vater nickte. Vielleicht könne er etwas für mich tun, sagte er nach längerem Überlegen. Er habe früher mit jemandem studiert, der heute im Militär irgendeinen Kommandantenposten bekleide. Mit ihm werde er sprechen.

»Ich will versuchen, dass du vielleicht in Kabul deinen Dienst leisten kannst. Dass du nicht in eine andere Stadt musst. Ich meine natürlich, bis wir dich hier ganz rausgebracht haben.«

Drei Tage später – zwischenzeitlich war ich wieder zu Hause, ohne vom Militär aufgespürt worden zu sein – begleitete ich Vater in das Büro dieses Kommandanten. Das Gespräch verlief respektvoll, fast locker. Die Tatsache, dass ich aus dem Militär geflohen war, kreidete mir der Kommandant nicht an, im Gegenteil, er verurteilte gar die Art und Weise, wie man mit mir umgegangen war. Dennoch blieb ich vorsichtig und gab nicht allzu viel auf sein vermeintliches Verständnis. Am Ende unserer Unterhaltung wies mich der Kommandant an, meine Sachen zu packen und ihm zu folgen. Obwohl er mir einen angenehmen Dienst versprach, zweifelte ich an seinen Worten.

Es gab einige militärische Stützpunkte in der Umgebung von Kabul. Jener, zu dem er mich in seinem Dienstauto im Anschluss an unser Gespräch fuhr, lag ungefähr dreißig Kilometer östlich der Stadt in Richtung Dschalalabad. Ganz in der Nähe dieses Stützpunktes befand sich auch das große, gefürchtete Gefängnis Pol-e-Charki.

Am Haupteingang der Kaserne hielt der Kommandant und ließ mich aussteigen.

Ich solle mich erst einmal schlafen legen, empfahl er. Am nächsten Tag könne ich mich dann in aller Ruhe für den Dienst einschreiben lassen.

Mir war bewusst, dass das schöne Leben vorbei war. Dass der Alltag in der Kaserne für mich zur Hölle werden würde.

Allamak Khan

Unser Tagesablauf war straff organisiert. Um vier Uhr früh begann die Tagwache. Unter Hochdruck mussten wir einsatzbereit sein. Zum Frühstück gab es Tee und Brot, ebenso zum Mittagessen, wofür eine Stunde eingerechnet wurde. Hinzu kam noch eine fettige Suppe, in die wir das Brot tauchten. Das war alles, tagaus, tagein.

Nach dem Mittagessen begannen die Märsche. Auch hier war Tempo gefordert. Hügel hoch, Hügel runter. Vier Stunden lang. Fast jeder Soldat kam körperlich an seine Grenze. Der Tag endete um siebzehn Uhr mit einer kommunistischen Lehrstunde, die von einem jungen afghanischen Offizier abgehalten wurde – einem sogenannten neuen Kommunisten. Uns wurde eingetrichtert, wer Lenin, Marx und Stalin waren, weshalb die Amerikaner und Imperialisten sterben mussten und wie Parolen wie »Tod den Amis« richtig auszusprechen waren. Propagandistische Umzüge mit Sprechgesängen wurden geübt, am Abend exerzierten wir über den Kasernenhof und riefen: »Es lebe Lenin, Stalin, Breschnew! Es lebe Lenin! Es lebe Stalin! Es lebe Breschnew!« Alle Soldaten mussten daran teilnehmen, Ausnahmen gab es nicht. Die Ungebildeten und Analphabeten unter uns hatten keine Ahnung, was sie da eigentlich taten. Vielleicht waren sie besser dran als jene, die Bescheid wussten und denen diese Übungen verhasst waren.

Höchstens vier Stunden Schlaf pro Nacht erlaubten keine Erholung von den Strapazen des Tages. Mehr und mehr fühlte ich mich erschöpft und ausgelaugt. Nacht für Nacht mussten wir Wache schieben. Um jederzeit einsatzbereit zu sein, durften wir die Kleider auch zum Schlafen nicht ausziehen. Bei einem nächtlichen Alarm hieß es aufstehen, Stiefel anziehen, Waffe und Gepäck fassen und sich zum Panzer bewegen. In wenigen Minuten mussten wir abfahrbereit sein.

Die hygienischen Zustände in der Kaserne waren katastrophal. Funktionstüchtige Toiletten gab es nicht, dafür Löcher auf einem Hügel, dreißig bis vierzig Zentimeter tief, gefüllt mit stinkenden Fäkalien. Toilettenpapier fehlte, auch die Gelegenheit zum Waschen oder Duschen. Der Gestank hing überall in der Luft, es wimmelte von

Fliegen. Ich sehnte mich danach, wenigstens am Wochenende nach Hause fahren zu können, doch obgleich wir in der Nähe von Kabul stationiert waren, durfte niemand nach Hause, auch nicht am Wochenende.

Am meisten machte mir unser Kommandant zu schaffen, ein junger Kommunist namens Allamak Khan. Er gehörte der Khalq-Fraktion an, jenem Lager, das nach der Spaltung der kommunistischen Partei beim Volk den größten Einfluss erzielte und auch maßgeblich für den Untergang Afghanistans verantwortlich gemacht werden konnte. Allamak Khan war ein primitiver, brutaler Mensch ohne jegliches Feingefühl. Am meisten verhasst war ihm die in seinen Augen verwestlichte und verweichlichte Jugend Afghanistans, zu der ich und einige andere Leidensgenossen zählten.

So wurde ich bevorzugtes Opfer von Allamak Khans Demütigungen, zum Ventil seiner Launen. Tag für Tag, Nacht für Nacht ließ er mich für mein privilegiertes Leben büßen. Selbst für Nichtigkeiten wurde ich bestraft. Wo und wann es ging, schikanierte er mich, auch Foltermethoden ließ er nicht aus. Einmal musste ich minutenlang in schmerzhafter Körperverrenkung ausharren, auf beiden Beinen stehend und unter den Beinen hindurch meine Ohren haltend. Erst nachdem ich das Gleichgewicht verloren hatte, war er zufrieden. Mit niederträchtig-triumphierendem Blick ließ er mich liegen.

Im Massenschlafraum gab es fünfzig Etagenbetten für rund hundert Soldaten. Ein bestialischer Gestank beherrschte den Raum. Die Schlafgewohnheiten eines jeden Einzelnen wuchsen zu einer unerträglichen Geräuschkulisse. Wir fühlten uns elend, geschwächt von den Anstrengungen und der einseitigen Ernährung, viele litten unter Verdauungsproblemen. Zudem trugen die Ungewissheit und die Unerreichbarkeit unserer Familien das ihre dazu bei, dass unsere Stimmung von Tag zu Tag sank. Wir waren verzweifelt und gereizt, interne Reibereien, gegenseitiges Unverständnis und Herzlosigkeit waren häufig die Folge. Aufgrund meiner privilegierten Vergangenheit bekam ich dies doppelt und dreifach zu spüren. Ich wurde geplagt und verhöhnt, wurde Opfer vieler Boshaftigkeiten.

Eines Morgens weckte mich unser Zimmerchef – ein primitiver Sympathisant von Allamak Khan – ohne Grund eine halbe Stunde früher. Er rüttelte unentwegt an meinem Bett, worauf ich ihn anschrie, es sei noch nicht Zeit aufzustehen, er solle endlich damit aufhören. Doch er rüttelte immer weiter, bis ich ihm meine Füße in sein grinsendes Gesicht stieß. Für einen Moment war Ruhe. Er blutete aus der Nase, und als er dies bemerkte, stimmte er ein jämmerliches Klagelied an und verließ den Raum. Es war nicht schwer zu erraten, dass er kurz darauf mit dem Kommandanten wieder zurückkehrte, hämisch grinsend hinter seiner blutverschmierten Hand.

»Wo ist dieser Randale aus Kabul?«, schrie Allamak Khan schon an der Tür. Mir blieb nichts anderes übrig, als mich ihm zu stellen. Was folgte, war eine Demütigung nach der anderen. Erst musste ich mich vor allen anderen bis auf die Unterhose ausziehen, danach führte mich der Kommandant auf den Kasernenhof hinaus. Schnurstracks marschierte er mit mir auf einen Baum zu, auf den zu klettern er mich anwies.

»Du wirst da oben bleiben«, sagte er. »Du wirst den ganzen Tag lang da oben sitzen, ohne Essen und ohne Trinken, nur in deinen dreckigen, erbärmlichen Unterhosen! Danach wird dir hoffentlich klar sein, was du deinem Kameraden angetan hast.«

Es war fünf Uhr morgens, ich zitterte vor Kälte. Mit den Stunden wurde es wärmer, bis sich am Mittag die Hitze über den Kasernenhof legte. Hinzu kam die Schmach, in Unterhosen Schauobjekt der militärischen Geschäftigkeit zu werden: Jeeps fuhren vorbei, Soldaten und Offiziere passierten den Baum am Rand des Kasernenhofwegs. Immer wieder kam die Frage, was um Himmels willen ich dort oben denn machen würde, meist gefolgt von einem breiten Grinsen oder gar Gelächter. Die Sonne brannte unerbittlich auf der Haut. Sämtliche Muskeln und Glieder schmerzten, was ich durch wechselnde Positionen zu lindern versuchte: Stehen, sitzen, anlehnen, stehen … Viele Möglichkeiten gibt es nicht auf einem Baum. Was mich zudem erzürnte, war die Vorstellung, dass meine Freunde sich gleichzeitig irgendwo in der Stadt vergnügten, während ich hier der Pein ausgesetzt war. Plötzlich hörte ich von unten eine Stimme.

»He, Nadjib, was machst du denn da oben?«

Es war nicht die Frage, die mich aufhorchen ließ, sondern die Betonung auf dem Wörtchen »du«. Durch die Zweige erkannte ich meinen Freund Khaled.

Ob er denn auch in der Armee sei, fragte ich überrascht. Ob sie ihn auch wider Willen eingezogen hätten. Wir unterhielten uns eine Weile, er in Uniform auf dem Boden, ich in Unterhosen auf dem Baum. Bald stellten wir fest, dass wir dasselbe Schicksal teilten, denn auch er gehörte einer gehobenen Bürgerschicht an. Unsere gemeinsame Vergangenheit ließ mir meine Situation etwas erträglicher erscheinen – geteiltes Leid, halbes Leid vielleicht. Sogleich fühlte ich mich etwas besser, verstanden. Endlich konnte ich mich mit dem übelsten Wortschatz über das Militär auslassen.

Ich bat Khaled um Hilfe. Ich fragte ihn, ob es ihm irgendwie möglich wäre, den Kommandanten des Stützpunktes zu benachrichtigen. Der sei ein Freund meines Vaters und könne mir vielleicht aus der Misere helfen. Der Himmel weiß, wie lange Allamak Khan mich hier oben noch sitzen lassen wolle.

»Ich kann es versuchen«, sagte Khaled.

»Danke, mein Freund.«

»Ich weiß aber nicht, ob ich bis zum Kommandanten durchkomme.«

»Versuch es«, bat ich ihn nochmals.

So verschwand Khaled. Und je länger ich wartete und nichts passierte, desto mehr wich meine Hoffnung wieder dem Ärger und der Wut. Es war Donnerstag. Wieder stand ein Wochenende vor der Tür, das ich mit Freunden hätte verbringen können, mit Musizieren oder Feiern oder Kartenspielen. Stattdessen war ich hier im Militär Allamak Khans Launen ausgesetzt. Schaut ihn euch an, diesen verwöhnten Nadjib! Diesen beliebten Sport- und Frauenhelden! Schaut ihn euch nur an! Und mein Ärger wuchs und wuchs.

Eine ganze Weile später hielt ein Jeep neben dem Baum. Der Kommandant des Stützpunktes stieg aus, Khaled hatte es also geschafft. Ich erzählte dem Kommandanten, was sich zugetragen hatte. Dass ich vom Zimmerchef provoziert worden war und dass ich ihm einen Fußtritt ins Gesicht verpasst hatte. Dass dies aber keine Absicht gewesen war, sondern nur Gegenwehr. Ich wollte die Schuld von mir weisen und beklagte mich, dass ich völlig am Ende meiner Kräfte sei.

Unterdessen hatte sich Allamak Khan zu uns gestellt. Vor dem Kommandanten begab er sich in Achtungsstellung und salutierte vorbildlich, woraufhin sein Gruß militärisch erwidert wurde. Ich war gespannt, was nun folgte. Einen Augenblick lang herrschte Schweigen, dann sah der Kommandant mit ernster Miene zu mir hoch.

»Hör zu, Nadjib«, sagte er und versuchte der Situation in bestimmtem, militärischem Tonfall wohl gerecht zu werden. »Du bist hier nicht zu Hause. Hier findet keine Party statt und auch kein Tennisspiel. Wir sind hier im Krieg! Das erfordert Härte, und diese Härte musst du lernen. Du musst lernen, ein Mann zu werden.« Er wandte sich an Allamak Khan: »Nadjib darf heute Abend nach Hause. Er hat ein paar Dinge zu erledigen. Am Samstagabend muss er wieder hier sein.« Zu mir sagte er: »Hast du gehört, Nadjib? Am Samstagabend bist du wieder zurück! Verstanden?«

»Zu Befehl, mein Kommandant«, erwiderte ich schnell.

Allamak Khan salutierte wieder. Danach warf er mir einen hasserfüllten Blick zu. Er hätte mich wohl am liebsten gleich umgebracht. Mir war klar, dass er sich dafür rächen würde.

Mutter geht

Ich war überglücklich, an jenem Donnerstagabend nach Hause gehen zu dürfen. Zumindest für zwei Tage war ich der Hölle des kommunistischen Militärs entkommen.

Ich genoss es, endlich duschen zu können, seit Wochen hatte ich kein wohltuendes, reinigendes Wasser mehr auf der Haut gespürt. Auch nahm ich eine reiche, köstliche Mahlzeit zu mir. Danach fiel ich todmüde ins Bett und schlief tief und fest bis zum nächsten Morgen.

Nach einem ebenso ausgiebigen Frühstück wollte ich Wahid sehen. Wo er sich herumtrieb, konnte Mutter mir jedoch nicht sagen. Sie machte sich auch schon Sorgen. Während meiner Abwesenheit war Wahid irgendwo untergetaucht. Vielleicht hatte er ebenfalls Angst vor dem Einzug ins Militär. Oder – und daran wollte ich gar nicht denken – er hatte sich mit seinen drogenabhängigen Freunden verdrückt. In Gedanken ging ich seinen Freundes- und Bekanntenkreis durch und wollte mich gerade auf den Weg machen, um ihn zu suchen, als plötzlich Wahids bester Freund vor der Tür stand. Er war völlig außer sich und ließ sich kaum beruhigen.

»Dein Bruder …«, stammelte er verzweifelt. »Er will sich umbringen. Mit einem seiner Freunde.«

Mir stockte der Atem. Ich rief sofort Vater an. Gemeinsam machten wir uns auf die Suche, fuhren mit dem Auto und dem Motorrad die ganze Stadt ab. Doch trotz verschiedenster Hinweise, bei denen es sich wohl vielmehr um gut gemeinte Annahmen handelte, blieben wir erfolglos. Niemand konnte uns sagen, wo Wahid sich wirklich aufhielt. Den ganzen Tag lang waren wir unterwegs. Am Abend, endlich, klingelte das Telefon und man teilte uns mit, dass Wahid und sein Freund gefunden wurden. Wir sollten uns aber beeilen, hieß es. Bevor es zu spät sei.

Dem Besitzer eines kleinen Kaffeehauses waren die beiden aufgefallen. Sie hätten bei ihm Milch getrunken und dann irgendetwas geschluckt. Danach seien sie leicht benommen zur Tür hinaus, worauf er den beiden gefolgt sei bis auf einen Hügel hinauf. Dort seien sie schließlich umgefallen und besinnungslos liegen geblieben.

Da wollte ich die wenigen Stunden außerhalb der Kaserne genießen, und nun passiert so etwas, dachte ich, bestürzt und voller Sorge um meinen Bruder. Im Krankenhaus pumpte man den beiden den Magen aus. Sie hatten Valium geschluckt, einige Tabletten. Mit der Milch zusammen sollte das Ganze schnell und schmerzlos wirken. Wäre der Kaffeebesitzer nicht so aufmerksam gewesen, hätte der Selbstmordversuch wahrscheinlich auch geklappt. Doch so waren die beiden schon nach kurzer Zeit wieder auf den Beinen und durften das Krankenhaus verlassen.

Die Sache war damit aber längst nicht ausgestanden – weder für uns noch für meinen Bruder. Wahids Tat machte mir einerseits wieder bewusst, in welcher Lage wir uns eigentlich befanden, wie viele andere Menschen in Afghanistan ebenfalls in tiefer Verzweiflung lebten und für ihre Zukunft keine Perspektive mehr sahen, und andererseits, wie sehr meinem viel sensibleren Bruder unsere familiären Probleme zu schaffen machten. Er vermisste unsere Eltern, ihm fehlte die Nähe unserer Mutter, obwohl sie noch im selben Haus lebte.

Die Frage war nur noch, wie lange. Ich spürte, dass selbst Wahids Selbstmordversuch sie nicht davon abhalten würde, in die Schweiz auszureisen.

»Ich gehe voraus, ich muss. Aber ihr kommt bald nach«, sagte sie immer wieder zu uns. Ich war mir nicht sicher, wie aufrichtig dies gemeint war, wie realistisch sie unsere Situation einschätzte. Mit einem Schweizer Pass war es ein Leichtes, das Land zu verlassen, aber für mich und meinen Bruder sah die Lage schon anders aus. Und ausgerechnet an jenem Wochenende, als Wahid beinahe ums Leben gekommen wäre, machte sie ihre Worte wahr. Plötzlich standen wir vor vollendeten Tatsachen.

Nun würde ich noch mehr auf mich allein gestellt sein, wurde mir klar, und mit Beklemmung dachte ich an die ungewisse Zukunft. Mutter in die Schweiz zu folgen, schien unmöglich, im Militär zu bleiben die Hölle, und der Versuch, im eigenen Land unterzutauchen, wohl nur vorübergehend erfolgreich. Wo hätte ich mich als Deserteur denn verstecken sollen?

So kamen mir an jenem Wochenende die ersten Fluchtgedanken. Mir blieb nichts anderes übrig, als über die Grenze zu fliehen, und dabei würde ich ganz auf mich allein gestellt sein. Der Abschied von unserer Mutter, bevor ich in die Kaserne zurückmusste, sollte also ein Abschied auf sehr lange Zeit sein, das wusste ich. Den Gedanken, ich würde sie vielleicht nie wiedersehen, verdrängte ich.

Sie gab mir Geld, bevor ich ging. Geld zum Leben, Geld vielleicht für die Flucht. In der Nähe von Vaters Apartment hatte sie für mich und meinen Bruder eine Wohnung gemietet, damit wir unser Leben ohne sie so einfach wie möglich einrichten konnten. Natürlich hätte uns auch Vater gerne unterstützt, aber er hatte kein Geld und seit dem Untergang des Königshauses auch keine richtige Arbeit mehr. Im Bus auf dem Weg zum Stützpunkt sah ich es immer deutlicher vor Augen: Das war nicht mehr das Afghanistan, das ich kannte. Und es würde nie wieder dasselbe Afghanistan werden.

Zurück in der Hölle

In der Kaserne angekommen, erwartete mich Allamak Khan mit einer neuen Schreckensnachricht. Der Kommandant des Stützpunktes sei abgesetzt und verhaftet worden, erklärte er mit einem breiten Grinsen. Mir war sofort klar, was das für mich bedeutete.

»Dein Freund ist ein Verräter«, sagte er. »Aber er ist jetzt weg. Ich weiß nicht, was sie mit ihm machen werden, aber ich kann es mir vorstellen.« Khan lachte bei diesen Worten. »Er kann dir nicht mehr helfen. Jetzt wirst du lernen, was ein guter Soldat ist. Und das bringe ich dir persönlich bei, darauf kannst du dich verlassen.«

Sie führten mich auf den Kasernenhof. Dort stand ein kleines Zelt, nicht höher und breiter als einen halben Meter, ungefähr zwei Meter lang. Über die sonst trockene Erde hatten sie Wasser fließen lassen, weshalb der Boden unter dem Zelt aufgeweicht und schlammig war. Zwei Tage und zwei Nächte musste ich darin ausharren. Liegen war die einzige Möglichkeit, was wegen des immer von Neuem fließenden Wassers die Hölle war. Nachts fror ich, weil die Temperaturen auf ein paar Grad über null sanken. Es gab weder zu essen noch zu trinken. Hin und wieder schob mir jemand ein Stück trockenes Brot oder eine Schale mit Wasser unter der Zeltplane hindurch. Mein Körper schmerzte. Ich spürte, wie die Kraft von Stunde zu Stunde wich und die Ohnmacht wuchs. Aber das, was sie mit solchen Mitteln zu bezwecken versuchten, nämlich meinen Willen zu brechen, mich gefügig zu machen, gelang ihnen nicht. Solche Bestrafungen bewirkten nur das Gegenteil: Sie machten mich stark, sie führten dazu, mich im Geiste zu sammeln und meinen Willen zu formen. Sie lehrten mich, etwas in die Hand zu nehmen, Dinge zu verändern.

Nach achtundvierzig Stunden durfte ich das Zelt verlassen und wurde wieder in den militärischen Alltag eingegliedert: vier Stunden Schlaf, Märsche und nochmals Märsche, kommunistische Parolen, Panzerausbildung, Strafen, Dreck, Schlaflosigkeit, jeden Tag dieselbe miserable Verpflegung. Überall Gestank, Lärm, Enge. Während sie glaubten, dass sie mich dort hatten, wo sie mich haben wollten, formten sich in meinem Kopf Gedanken zur Flucht. Ich suchte nach Möglichkeiten, vom Stützpunkt zu fliehen.

Das Kasernenareal war riesig. Hinter der Kaserne befanden sich in kaum zu überblickender Anordnung die Hangars mit den Panzern und allerlei militärischem Gerät. Dahinter breitete sich die offene Wüste aus. Eine Absperrung gab es nicht. Die Wüste benutzte man als Übungsgelände, Friedhof und als Platz für Hinrichtungen. Verräter, Gefangene oder Feinde wurden aus dem nahen Gefängnis Pol-e-Charki geholt, ohne Prozess getötet und in Massengräbern verscharrt. Nacht für Nacht. Man verband ihnen die Augen, verfrachtete sie in Jeeps, fuhr mit ihnen durch das Kasernenareal, um dahinter auf das offene Wüstengelände zu gelangen, und wenig später konnte man Schüsse hören. Solche Hinrichtungen hatten nur einen Grund: Sie sollten abschrecken.

Wir wussten davon und sprachen darüber. Jede Nacht nahm ihre Opfer, jede Nacht wurden Schuldige und Unschuldige von den Kommunisten exkommuniziert und aus dem Weg geräumt.

Über eben dieses Wüstengelände zu fliehen, war gefährlich. Den Stützpunkt aber einfach durch das Haupttor zu verlassen, noch unsinniger. Überall lauerten Wachen, auf der Straße wimmelte es von Militär und Kontrollposten. Es blieb also nur die Flucht durch die Wüste. Es gab dort Möglichkeiten, sich zu verstecken, wenn man die Sache richtig anging. Tiefe Gräben und Furchen durchliefen die dürre, ausgehungerte Erde, rissen den Boden bis zu drei Metern Tiefe auf, sodass man darin unbemerkt voranschreiten könnte. Hin und wieder dienten uns diese Gräben bei Übungen auch als Versteck, entweder für ein paar Minuten Schlaf oder für ein kurzes Kartenspiel.

Während einer solchen Spielpause gab ich erstmals meine Fluchtgedanken preis. Ich vertraute sie meinem Freund Khaled an, Khaled, den ich auf dem Baum sitzend um Hilfe gebeten hatte. Ein Freund, dem ich hundertprozentig vertraute, für dessen Verschwiegenheit ich meine Hand ins Feuer legte.

Eine Flucht sei unmöglich, meinte Khaled. Nur mit einem gefälschten Brief des Kommandanten, so fuhr er fort, könne man diesem Schrecken hier entkommen. Er kenne einen Mann, der Unterschriften fälsche. Allerdings koste dieser Dienst auch eine Kleinigkeit, fügte er hinzu. Ich fragte nicht nach der Höhe des Betrags, mir war sofort klar, dass ich an einen solchen Brief unbedingt herankommen musste.

Die Sache ging schneller, als ich dachte. Schon drei Tage später drückte Khaled mir das Papier in die Hand. An dem Brief gab es nichts auszusetzen, er wirkte täuschend echt. Soldat Nadjibullah Hamid habe in Kabul einen offiziellen Auftrag zu erledigen, stand geschrieben, er müsse den Stützpunkt umgehend verlassen. Unterzeichnet vom Kommandanten. Ich las die Zeilen und fragte mich, wie dies so einfach vonstattengehen sollte.

»Wann willst du denn abhauen?«, fragte Khaled.

»Sofort«, sagte ich, ohne zu zögern. »Warum warten?«

Ich gab Khaled das Geld für den gefälschten Brief, verabschiedete mich von ihm, indem ich ihn umarmte, und eilte zum Schlafsaal, wo ich mir eine Jeans unter die Militärhose zog. Dann machte ich mich auf den Weg zum Ausgangstor. Je näher ich kam, desto höher stieg mein Puls, desto mehr wuchs meine Angst, ertappt zu werden. Ich versuchte, ruhig zu bleiben, gelassen zu wirken, mir nicht die geringste Unsicherheit anmerken zu lassen. Schließlich hatte ich ja einen unterschriebenen Brief vom Kommandanten in der Tasche.

»Öffnet das Tor«, befahl ich den beiden Wachen und sah ihnen abwechselnd scharf in die Augen. »Macht sofort das Tor auf.«

»Hast du eine Bewilligung?«, fragte der eine.

»Natürlich«, sagte ich und streckte ihm das Papier hin.

Während der eine las, musterte mich der andere kritisch. Ich sah es aus den Augenwinkeln, und auf einmal hörte ich ihn sagen: »Du bist doch Nadjib. Bist du nicht Nadjib, der Tennisspieler? Weißt du nicht mehr, wer ich bin?«

Ich hatte nicht die geringste Ahnung. Ich sah ihn an, aber ich konnte mich beim besten Willen nicht an ihn erinnern.

»Klar«, sagte ich. »Wie geht's denn so?«

Mir dämmerte, dass es sich nur um einen ehemaligen Nachbarn aus dem Wohnquartier Shar-i-Nau handeln konnte. Während des kurzen Gesprächs versuchte ich, so ungerührt wie möglich zu wirken, was mir auch gut gelang. Wir waren uns einig, dass die Zeiten früher besser waren als heute, dass sich alles zum Schlechteren gewandelt hatte und dass das Militär einfach nur furchtbar war.

»Wieso darfst du den Stützpunkt verlassen?«, wollte er plötzlich wissen, und mir war sofort klar, dass es jetzt darauf ankam, wie ich mich ihm gegenüber verhielt.

»Ich habe einen Auftrag vom Kommandanten auszuführen«, erwiderte ich. »Ich muss nach Kabul. Und danach wieder hierher zurück.«

Mein ehemaliger Nachbar nahm dem anderen den Brief aus der Hand und las. Dann gab er mir das Schriftstück zurück. »Kein Problem«, sagte er knapp. »Geh nur.«

Er öffnete das Tor und wünschte mir alles Gute. Dabei fielen mir seine leicht heraufgezogenen Mundwinkel auf. Es schien, als wusste er Bescheid. Vielleicht hatte er mir sogar zugezwinkert, ich weiß es nicht. Jedenfalls kam mir nicht in den Sinn, der Bedeutung seines Gesichtsausdrucks auf den Grund zu gehen. Nur weg von hier, dachte ich und stieg wenige Minuten später in den nächsten Linienbus.

Beim Schneider

Die Kaserne lag nur eine halbe Stunde Fahrzeit von zu Hause entfernt. Ich war bald daheim, duschte erst einmal und versuchte dann, etwas zur Ruhe zu kommen. Lange bleiben konnte ich hier nicht, schließlich war ich flüchtig, und im Haus meiner Mutter würden sie wohl als Erstes nach mir suchen. Sicher, es würde eine Weile dauern, bis mein Fehlen in der Kaserne bemerkt werden würde, aber ich musste weiter. Ich nahm mir vor, jede Nacht an einem anderen Ort zu schlafen und tagsüber unterwegs zu sein. In Gedanken ging ich sämtliche verwandten und mir vertrauten Personen durch, die als mögliche Zwischenstation infrage kamen. So hoffte ich, etwas Zeit zu gewinnen, um meine Fluchtpläne aus dem Land akribisch vorzubereiten und zu verwirklichen.

Die erste Nacht wollte ich noch im eigenen Haus verbringen und am folgenden Tag meine Freundin Nasrin aufsuchen. Nasrin war meine erste wirkliche Freundin und stammte aus einer für afghanische Verhältnisse eher modern eingestellten Familie. In der Regel erwies sich eine moderne Beziehung mit einer Afghanin als schwierig, öffentlich konnten wir uns kaum zusammen zeigen, denn das hätte nur Spekulationen über eine mögliche Hochzeit geweckt. Wir hatten nicht vor zu heiraten. Unsere beiden Familien erlaubten es uns, ein Paar zu sein, ohne gleich von Heirat zu sprechen. Aber die Tradition sah es eben anders.

Ich hatte Nasrin in unserer Nachbarschaft in Shar-i-Nau kennengelernt und war zum Zeitpunkt meines Militärdienstes schon zwei Jahre mit ihr zusammen. Kontakte zu anderen Mädchen hatten sich zuvor meist im Ausland abgespielt: in Europa, in Kanada oder im Libanon. Trotz meines großen Freundeskreises in Kabul hatte ich die meiste Zeit meiner Jugend mit Ausländerinnen und Ausländern verbracht – bedingt einerseits durch das Gasthaus der UNO, wo Mutter arbeitete, andererseits durch den Tennissport, der mich in deutsche, amerikanische und englische Clubs führte.

Nasrin war die einzige Person, die mir Briefe in die Kaserne geschrieben hatte. Ich wollte Nasrin sehen, obwohl ich wusste, dass unser Wiedersehen nur von kurzer Dauer sein würde. Umso intensiver genossen wir die Zweisamkeit nach ungewisser Trennung. Ich erzählte ihr von den schlimmen Ereignissen im Militär und machte ihr deutlich, dass ich geflohen sei und nun ständig meinen Aufenthaltsort wechseln müsse. Sie versprach mir, mich überallhin begleiten zu wollen, doch wir wussten beide, dass dies unmöglich war. Unser Abschied an jenem Tag stimmte uns deshalb sehr traurig und schmerzte bis tief in die Seele.

Es folgten einige Tage, an denen ich ständig woanders war, glücklicherweise ohne Begegnung mit militärischen Einheiten oder Patrouillen. Ein Bekannter – sein Name war Wais – erzählte mir dann von einem Kontakt zu einem Fluchthelfer. Der Mann sei sehr vertrauenswürdig und organisiere gegen ein entsprechendes Entgelt die komplette Flucht nach Pakistan. Er entstamme einer einflussreichen Familie und pflege daher im Grenzgebiet wichtige Kontakte. Immerhin hörte sich das für mich nach einer Lösung an, weshalb ich diesen Mann sofort aufsuchte.

Er sagte mir, eine Flucht aus dem Land sei grundsätzlich kein Problem, ich müsse mich lediglich auf eine lange Reise einstellen und bereit sein, ihm dafür zwanzigtausend Afghani zu bezahlen (was heute rund dreihundertzwanzig Euro entspricht). Im Falle meiner Zusage könne es in den nächsten zwei Monaten bereits losgehen.

Ich willigte ein. Mutter hatte mir für solche Zwecke ja Geld gegeben. Ich wies den Mann an, sofort mit der Organisation zu beginnen und mir Bescheid zu geben, sobald er genauere Informationen habe. Und obgleich es mich beruhigte, dass sich etwas bewegte, obgleich mir die Sache Hoffnung gab, suchte ich in Gedanken nach alternativen Lösungen. Ich wollte mich nicht auf eine einzige Person verlassen müssen. Es schien mir einfach zu riskant, zu unsicher.

Ich schlief in jener Nacht bei meiner Tante. Morgens rief mich Vater an. Er habe Neuigkeiten. Im alten Stadtteil von Kabul gebe es einen Mann, der mithilfe eines Schmugglerrings Menschen nach Pakistan schleuse. Der Mann sei Schneider und führe ein Geschäft unmittelbar bei der großen Kreuzung Jade Maiwand. Kurz nach dem Telefongespräch saß ich in Begleitung meines Vaters bereits in einem Taxi.

Noch immer, trotz kommunistischer Besetzung, herrschte rege Geschäftigkeit in den Straßen des alten Kabul. Die beste Voraussetzung dafür, unerkannt ein Menschenschmuggelunternehmen zu führen, dachte ich mir. Der besagte Händler wirkte sehr ruhig und vertrauenswürdig. Er drehte ein Schild im Ladenfenster, schloss die Tür ab und führte uns in ein kleines Hinterzimmer seines Geschäfts. Den Raum verdunkelte er, indem er die Vorhänge zuzog. Auch in diesem Stadtteil sei äußerste Vorsicht geboten, begründete er sein Tun.

»Man kann niemandem mehr trauen«, sagte er. »Sobald kein Licht mehr hineinkommt, kann man annehmen, dass auch unerwünschte Blicke draußen bleiben.«

Ich nickte stumm, sah Vater an, der ebenfalls schwieg.

»Sie sind keine unbekannte Person in Afghanistan, Nadjib«, fuhr der Schneider in ruhigem Ton fort. »Ihren sportlichen Leistungen gebührt Respekt. Es ist mir eine Ehre, wenn ich Ihnen helfen kann. Und falls Sie sich für meine Hilfe entscheiden, sollten Sie eines wissen: Die Reise wird lange dauern, vielleicht mehrere Wochen. Sie werden oft warten müssen, immer wieder mit neuen Verkehrsmitteln reisen. Sie werden auch mit mehreren Personen zu tun haben, alles vertrauenswürdige Leute. Sie arbeiten mit mir zusammen.«

Er hielt inne, schaute mich im Halbdunkel forschend an. Meine Augen hatten sich schnell an das schwache Licht gewöhnt. Ihn interessierte wohl, wie ich auf seine Worte reagierte. Ich nickte nur, und er fuhr fort.

»Die ganze Reise kostet fünfzehntausend Afghani. Die Hälfte bezahlen Sie bei Abreise, die andere bekomme ich von Ihren Angehörigen, sobald mich Ihre Unterschrift aus Pakistan erreicht. Ist das so in Ordnung für Sie? Wann wollen Sie das Land verlassen?«

»Sofort«, antwortete ich.

»Den nächsten Transport kann ich frühestens in einem Monat organisieren.«

»Das ist zu spät«, erwiderte ich. »Ich muss sofort weg. Das Militär ist mir auf den Fersen. So lange kann ich nicht warten.«

Der Schneider überlegte eine Weile. »Es gibt da noch eine andere Möglichkeit«, sagte er dann, nachdenklich, aber doch mit fester Stimme. »Morgen früh fährt eines meiner Autos mit einer Familie nach Lowgar und dann über Paktia nach Pakistan …«

»Auf keinen Fall schon morgen«, unterbrach Vater. »Darauf bist du nicht vorbereitet, Nadjib. Das kann nicht so schnell gehen. Das ist nicht gut so.«

»Aber ich muss«, sagte ich. »Hier ist es zu gefährlich für mich. Ich sitze hier wie auf Nadeln. Erzählen Sie weiter«, drängte ich den Schneider.

Der Händler nickte. »Der Weg über Lowgar hat sich bewährt«, erklärte er. »Er führt durch die Provinz im Osten direkt in Richtung Pakistan. Mit Routen- und Planänderungen ist aber zu rechnen. Bei der Familie handelt es sich um einen Arzt mit seiner Frau und seinen beiden Kindern. Auch sie sind auf der Flucht. Warum, geht mich nichts an. Ihr werdet in einem Taxi wegreisen. Der Fahrer ist von mir angestellt. Den Rest erfahren Sie, wenn Sie sich dazu entschließen, mitzugehen.«

Ich zögerte nicht eine Sekunde. »Ich werde das Land sofort verlassen«, sagte ich. »Das hört sich alles sehr gut an.«

»Bist du dir sicher?«, fragte Vater nervös.

»Todsicher«, entgegnete ich entschlossen.

»Aber, Nadjib ...«

Vater senkte den Kopf. Im Wissen, dass ich mich auf eine gefährliche Reise begeben würde und wir uns in unserer Heimat nie wiedersehen würden, schwieg er. Was uns blieb, war die Hoffnung, dass die Flucht gelingen und es irgendwann zu einem Wiedersehen an einem anderen Ort auf der Welt kommen würde. Vater ging alles viel zu plötzlich, ich dagegen wollte so schnell wie möglich weg. Eine bedrückende Stille erfüllte das kleine Büro. Schließlich sprach der Schneider: »Morgen früh, sieben Uhr, vor dem Hotel Kabul. Gegenüber dem ehemaligen Königspalast. Dort warten Sie. Kleiden Sie sich gewöhnlich. Tragen Sie nichts bei sich, außer Geld. Und das sollten Sie gut verstecken.«

Ich schüttelte dem Schneider die Hände und wir verabschiedeten uns. Ich fühlte mich erleichtert, obwohl ich nicht wusste, wie schwer die bevorstehende Reise werden und ob die Flucht überhaupt gelingen würde.

Auf dem Weg nach Hause versuchte Vater noch einmal, mich umzustimmen. »Nadjib«, sagte er, »denk noch einmal darüber nach. Nimm dir ein wenig Zeit und überleg es dir gut. Denk an all die Gefahren, die Mudschahedin, die anderen Widerstandsgruppen. Wir sind im Krieg. Immer wieder hört man schreckliche Geschichten aus dem Hinterland.« Und dann sagte er: »Ich weiß nicht, was ich davon halten soll. Geh nicht, Nadjib.«

»Hab ich denn eine andere Wahl, Vater? Das Militär ist mir auf den Fersen. Wenn sie mich kriegen, stecken sie mich ins Gefängnis. Ich habe eine Unterschrift gefälscht. Ich bin abgehauen. Ich habe desertiert. Was glaubst du, was sie mit mir machen werden? Da kann ich nicht auf Gnade hoffen. Es gibt kein Zurück. Je länger ich warte, desto größer ist die Gefahr, dass sie mich kriegen.«

Vater schwieg. Was sollte er auch sagen? Er musste die Sache so hinnehmen, wie sie war.

Mir hingegen blieb nicht mehr viel Zeit. Ich verbrachte die letzte Nacht vor meiner Flucht in der Wohnung meines Onkels im Mikrorayon. Nasrin kam mit einem Taxi. Es war ein kurzes Wiedersehen mit der Gewissheit, dass wir uns für immer trennten. Wir hielten uns fest und trösteten uns. Wir lachten und waren traurig, wir schwiegen und sagten uns auf unsere Weise Lebewohl.

In jener Nacht wollte ich nichts mehr riskieren. Ein falsches Wort an einen von Neid erfüllten Bekannten oder vermeintlichen Freund, schon wäre es um mich geschehen und die Geheimpolizei hätte mich kurz vor Abreise noch geschnappt. So verzichtete ich darauf, Verwandten oder Freunden Lebewohl zu sagen, und verabschiedete mich nur noch von meinem Bruder.

»Pass auf dich auf«, sagte ich und umarmte ihn. »Du kommst später nach. Wir sehen uns wieder.«

Die Straße nach Lowgar

Ich schlief kaum. Dennoch kam der nächste Morgen rasch. Ich kleidete mich ländlich, wie der Schneider mir geraten hatte: lockere Hose, langes Hemd. Damit und mit dem Pakol, einer runden, erdfarbenen Mütze aus Wolle, passte ich in die Gegend, durch die wir fahren würden. In meiner Unterhose versteckte ich eine kleine Plastiktüte mit zweitausend Dollar, in eine kleine Handtasche kam ein Bund Afghani und eine Rolle Kalder – die pakistanische Währung. Ich sagte meinem Vater Lebewohl und ließ mich von einem Taxi zu dem verabredeten Treffpunkt fahren. Ein letztes Mal, so glaubte ich, zogen die Häuser von Shar-i-Nau wie eine vertraute Kulisse an mir vorbei.

In der Nähe des Hotels Kabul stieg ich aus, ging die letzten Meter zu Fuß und wartete. Ungefähr eine Viertelstunde verstrich, bis das angekündigte Taxi kam. Auf der Beifahrerseite saß der Schneider. Er stieg aus und begrüßte mich. Dann schilderte er mir den Ablauf des Tages und schärfte mir eine kurze Geschichte ein, die ich vorzutragen hätte, falls jemand unangenehme Fragen stellte: Wir – ich und die anderen Fahrgäste – würden derselben Familie angehören und seien zu einer Hochzeit nach Lowgar unterwegs. Zur gegenseitigen Bekanntmachung bestehe noch genügend Zeit. Der

Fahrer würde uns am Abend zur Übernachtung in einem Dorf in der Nähe von Lowgar aussteigen lassen, am nächsten Tag gehe die Reise dann zu Fuß oder auf Eseln weiter.

»So werdet ihr nach Paktia gelangen«, erklärte der Schneider. »Dort könnt ihr euch zwei bis drei Tage für die letzte Etappe über die Grenze ausruhen. Es werden euch ein paar Leute begleiten. Freunde von mir, ich arbeite bestens mit ihnen zusammen. Man kann ihnen vertrauen.«

Ich hörte gespannt zu und stellte keine Fragen. Mein Schicksal lag in den Händen von Fremden – Leute, die anderen Leuten für Geld halfen, über die Grenze zu gelangen. Sie würden schon wissen, was zu tun ist. Jede Frage wäre nur Zeitverschwendung gewesen.

»Keine Angst«, hörte ich den Schneider sagen, als hätte er meine Gedanken gelesen. »Sie können den Leuten trauen. Der Auftrag gilt als erfüllt, sobald Sie in Pakistan ein Papier unterschreiben, dass Sie heil angekommen sind. Dieses Papier gelangt dann zu mir und ich werde damit die zweite Hälfte des vereinbarten Geldes bei Ihrem Vater einkassieren. Ist Ihnen so weit alles klar?«

Ich nickte. Er ließ mich auf dem Beifahrersitz einsteigen und wünschte mir Glück.

Im Wagen herrschte eine angespannte Atmosphäre. Auf der Rückbank saßen, ebenso in einfacher Kleidung, das Ärzteehepaar mit einem fünfjährigen Mädchen und einem dreijährigen Knaben. Der Fahrer, ein alter Mann, machte uns kurz miteinander bekannt. Der Arzt hieß Abdullah, seine Frau Fausia. Ich war nervös. Wir fuhren am Königspalast vorbei, am großen Park und an der alten Schule. In der Überzeugung, diese Stadt nie wiederzusehen, mischte sich ein Gefühl der Rührseligkeit in meine Nervosität.

Die Straße nach Lowgar befand sich in einem miserablen Zustand. Befestigt war sie nur über kurze Strecken, und auch dann gab es tiefe Risse und Löcher im Asphalt. Die Fahrt begann sehr unruhig, zudem erreichten wir nach zwanzig Minuten bereits einen militärischen Kontrollposten. Meine Anspannung stieg ins Unerträgliche. Die mit Kalaschnikows bewaffneten Soldaten fragten nach unserem Ziel, worauf der Fahrer ihnen seelenruhig die besagte Geschichte von der Hochzeit in Lowgar vortrug. Wir durften passieren. Es war die erste und glücklicherweise auch einzige Kontrolle auf dem Weg nach Lowgar. Zwei Stunden später verließen wir die holprige Hauptstraße, um auf einen kleinen Sandweg abzubiegen, der, begleitet von einem ausgetrockneten Flussbett, durch ein ebenso trockenes und staubiges Tal führte. Die Kinder weinten. Sie waren müde und erschöpft, die Unsicherheit ihrer Eltern übertrug sich wohl auf ihr Gemüt.

Nach einer weiteren halben Stunde Fahrt – es war früher Nachmittag – erreichten wir schließlich ein kleines Dorf mit bescheidenen, teils zwei- oder dreistöckigen

Häusern und Hütten aus Lehm. Hier draußen lebten Bauern, die sich selbst versorgten, die sich und ihre Familien von der eigenen Ernte auf den Feldern ernährten, sofern die ausgedörrten Felder überhaupt eine Ernte hergaben. Die Bauern hielten sich Kühe, die kaum Milch gaben, und Esel, die sie als Lasttiere für die Arbeit und zur Fortbewegung nutzten.

Vor einem dieser Lehmhäuser stoppte der Wagen. Der Fahrer stieg aus und klopfte an eine Holztür. Ein alter Mann mit Turban und langem grauen Bart öffnete. Die beiden wechselten ein paar Worte, dann winkte der Alte uns zu sich. Jetzt aus der Nähe schätzte ich ihn über siebzig. Er lächelte, machte einen freundlichen und herzlichen Eindruck auf mich.

Nur wenig Tageslicht drang in sein Haus. Auch in dem Zimmer, in das er uns führte, gab es kein Licht. Nachdem sich meine Augen an die Dunkelheit gewöhnt hatten, erkannte ich die spärliche Einrichtung: Ein paar Matratzen und Teppiche, das war alles. Wir setzten uns im Kreis auf den kalten Fußboden. Unser Fahrer trat ein und erklärte uns, dass seine Arbeit mit unserer Ankunft hier nun beendet sei.

»Ruht euch erst einmal aus«, sagte er. »Später gibt es etwas zu essen. In der Nacht wird euch der alte Mann dann zur nächsten Station bringen.« Er gab uns allen die Hand und wünschte uns Glück für die Weiterreise. Dann verschwand er. Mein Blick schweifte durch den düsteren

Raum. In der Wand hinter mir bemerkte ich ein münzengroßes Loch, ich spähte hindurch und erblickte einen Hinterhof, ein Stück blauen Himmel, gleißendes Sonnenlicht.

Wir warteten, saßen stumm da. Fausia kümmerte sich um die Kinder. Sie wurden allmählich ruhiger, waren beinahe eingeschlafen, als eine Frau sich zu uns gesellte. Ich konnte nur ihre Augen sehen, der Rest ihres Hauptes war in einen Niqab gehüllt. Der dunkle Stoff hing weit über ihre Schultern und schien nahtlos in ein ebenso dunkles Gewand überzugehen. Ihre Augen und Hände ließen vermuten, dass sie noch sehr jung war. Sie stellte ein Gefäß mit Wasser in unsere Mitte, in dem wir die Hände wuschen, und brachte dann das Essen: Kartoffeln, Karotten und eine Fleischsuppe mit Brot. Alles war liebevoll zubereitet, weshalb wir mit Freude zu essen begannen. Im Vergleich zu den Sitten im Militär war es der reinste Festschmaus. Wir brachen das Brot in kleine Stücke und tauchten es in die Suppe, damit es sich richtig mit der Brühe aufsaugen konnte. Es schmeckte vorzüglich. Nach dem Essen wurden uns sogar noch Tee und Süßigkeiten serviert.

Die Atmosphäre hatte sich beim Essen deutlich entspannt. Ich begann, mich mit Fausia und Abdullah zu unterhalten. Er war Arzt in einem großen Krankenhaus in Kabul, sie Krankenschwester. Sie hatten sich bei der Arbeit kennengelernt. Nach dem Putsch und Sardar

Daouds Ermordung seien viele ihrer Familienangehörigen vom berüchtigten afghanischen Geheimdienst KhAD verhaftet worden. Die meisten hatten sie nie wiedergesehen. Wie in so vielen Fällen müssen wohl auch in Abdullahs Familie politische Gründe zu den Verhaftungen geführt haben. Abdullah selbst hatte in Russland studiert. Nach dem Verschwinden seines Bruders habe er es mit der Angst zu tun bekommen. Ihm sei geraten worden, das Land so schnell wie möglich zu verlassen, worauf er sofort sein Haus verkauft und die Flucht organisiert habe.

Die genaueren Gründe wollte ich nicht erfragen, Abdullah wollte sie auch nicht nennen. Ich hatte ebenso meine Geschichte, deren Einzelheiten ich lieber für mich behielt. Auch wenn wir uns in derselben Situation befanden, schien es dennoch besser, keine zu große Vertrautheit zwischen uns zu schaffen. So verschwieg ich zum Beispiel, dass ich aus dem Militär geflohen war, und erzählte auch nichts über die früheren Beziehungen meiner Familie zum Königshaus. Als Grund für meine Flucht über die Grenze nach Pakistan gab ich lediglich die mangelnden Berufsperspektiven an und die Hoffnung, im Ausland bessere Arbeit zu finden.

Während wir uns leise unterhielten – die Kinder schliefen bereits –, wurde es draußen allmählich dunkel. Durch das kleine Loch in der Wand fiel immer weniger Licht ins Zimmer. Der alte Mann mit dem grauen Bart kam noch einmal zu uns, um uns über das weitere Vorgehen zu informieren. Er hieß Hadji Jassin. Mit diesem Namen stellte er sich zumindest vor. Man nenne ihn aber Hadji Sajib. Hadji war ein Respekttitel, den nur jene Muslime tragen durften, die einmal die heilige Stadt Mekka besucht hatten.

Eselritt

Nach nur wenigen Stunden Schlaf, es war so gegen zweiundzwanzig Uhr, weckte uns Hadji bereits wieder. Die beiden Kinder quengelten, weil sie keineswegs ausgeschlafen waren.

»Wir müssen jetzt los«, flüsterte der Alte, als wollte er sich für die Störung entschuldigen. »Hoffentlich seid ihr ein wenig ausgeruht.«

Im ganzen Dorf gab es keinen Strom. Als wir ins Freie traten, konnte ich im ersten Moment überhaupt nichts erkennen, alles lag im Dunkeln, nur hinter ein paar Fenstern flackerten Öllampen. Hadji führte uns zu einer Gruppe von Eseln.

Die Vorstellung, auf einem Esel durch die Nacht zu reiten, stimmte mich nicht gerade fröhlich. Der Alte erkannte unsere Skepsis. Während er eine Decke auf dem

Rücken der Tiere glattstrich, sagte er: »Die Wege, die wir gehen, sind in schlechtem Zustand. Esel sind hier das Beste, außerdem machen sie keinen Lärm.«

»Sehen sie denn überhaupt etwas in dieser Dunkelheit?«, fragte ich missmutig.

»Sie kennen den Weg.«

»Aber es sind nur drei.«

Der Alte sah mich ruhig an. »Jeder von euch setzt sich auf einen Esel«, sagte er. »Die Kinder nehmt ihr auf den Schoß. Ich führe euch zu Fuß.«

»Du willst den weiten Weg zu Fuß gehen?«, fragte ich ungläubig.

»Das bin ich gewohnt«, sagte er. »Ich gehe oft weite Strecken zu Fuß.«

Ich schob mich auf eines der Maultiere und nahm den kleinen Jungen zu mir. Abdullah tat dasselbe mit dem Mädchen. Fausia durfte fürs Erste allein reiten. So geleitete uns der Alte aus dem Dorf. Trotz der Gelassenheit, die Hadji ausstrahlte, fühlte ich mich nicht sicher auf dem Tier. Es bewegte sich zwar nur langsam voran, dafür aber ziemlich unruhig. Zudem war es finster in einer mondlosen, sternklaren Nacht. Ich kam mir hilflos und ausgeliefert vor, tat mich schwer mit der Dunkelheit, an die sich meine Augen kaum gewöhnen konnten. Je länger wir jedoch unterwegs waren, desto klarer wurde mein Blick, desto mehr war ich von der nächtlichen Schönheit der uns umgebenden Natur fasziniert. Ein schmaler und steiniger Weg führte uns durch felsiges Hochland, manchmal stieg er an, manchmal fiel er ab, manchmal begleitete uns der Abgrund in beängstigender Nähe. Die Kinder fanden nicht zur Ruhe. Einmal weinte der Junge, dann wieder das Mädchen. Nach anderthalb Stunden hatte ich genug vom Sitzen. Ich wollte mich etwas bewegen und bot dem alten Mann den Esel an. Er willigte ein, war wohl froh um eine kleine Verschnaufpause. Sitzend navigierte er uns durch die Nacht, und so vergingen Stunden ohne Rast. Hadji und ich wechselten uns gegenseitig ab mit Sitzen und Gehen. Der Alte trieb uns vorwärts und mahnte zur Eile.

»Im Morgengrauen müssen wir unser Ziel erreicht haben«, sagte er. »Bevor es hell wird, müssen wir an der nächsten Station angekommen sein.«

Als ich wieder sitzend dem monotonen Trott des Esels folgte, holte mich die Müdigkeit ein. Immer wieder fielen mir die Augen zu, vielleicht glaubte ich dies auch nur, jedenfalls kreuzten im dösenden Zustand zahlreiche Schatten unseren Weg, lauerten zahlreiche Gefahren hinter der nächsten Biegung. Mein Esel rutschte plötzlich ab auf dem steilen Pfad und riss mich aus meiner Schläfrigkeit. Über uns funkelte ein wolkenloser Sternenhimmel, neben uns fiel der Abgrund in die Tiefe, vor uns lag die Ungewissheit, was uns hinter der nächsten Kurve erwartete. Der Pfad schien sich endlos durch die felsige Gebirgslandschaft zu schlängeln, mittlerweile mussten wir uns im Gebiet der Mudschahedin befinden.

Ich war hungrig und durstig und fragte mich, weshalb der Alte weder etwas zu essen noch zu trinken mitgenommen hatte. Auf die Frage der Kinder, wie lange es denn noch dauern würde, kam immer dieselbe Antwort: hinter dem nächsten Hügel, hinter dem nächsten Hügel … Hügel um Hügel folgte, aber das Ziel schien in weiter Ferne zu liegen. Ruhig und stetig marschierte der Alte voran, seine körperliche Verfassung beeindruckte mich. Wir wechselten uns nun alle ab mit Gehen, Sitzen, Kinderhalten, Gehen. Ich hätte nicht sagen können, wie viele Stunden bereits verstrichen waren, am östlichen Horizont färbte sich der Himmel bereits rot. Schatten enthüllten Umrisse von Felsbrocken, Bäumen, dann schälten sich allmählich Hänge und Täler aus dem dunklen Grau. Die Morgendämmerung offenbarte eine überwältigende Schönheit.

Als Hadji uns plötzlich zum Anhalten aufforderte, zuckten wir alle zusammen. Sofort spürte ich meinen Puls in die Höhe schnellen, und wieder war da diese Angst vor der latenten Gefahr. Einige Sekunden später erkannte ich vier Gestalten, die uns entgegenkamen. Sie trugen Turbane und Kalaschnikows – es waren Mudschahedin. Hadji ging ein paar Schritte vor, um mit ihnen zu reden, dann kam die ganze Gruppe auf uns zu. Ihr Anführer begrüßte uns auf Paschtunisch mit

»stalei masche«, was so viel bedeutet wie »seid nicht müde« – ein typischer Gruß des paschtunischen Volkes. Wir wurden kritisch gemustert, umkreist, die Blicke stets auf uns gerichtet. Unruhig rutschte ich auf dem Esel hin und her. Mir wäre es lieber gewesen, wir hätten keinen Kontakt mit den Mudschahedin gehabt.

»Bist du Afghane?«, fragte er mich prompt.

»Natürlich«, gab ich zur Antwort und hoffte, dass meine Unsicherheit nicht zu hören war.

»Wie heißt du?«

»Nadjibullah.«

»Der sieht nicht aus wie ein Afghane«, sagte er zu Hadji, der darüber nur lachte. Er schien den Umgang mit den Rebellen gewohnt zu sein.

»Bist du bestimmt kein Russe?«

»Nein, nein«, beteuerte Hadji und nahm mir die Antwort jetzt ab. »Für diese Leute verbürge ich mich. Das ist eine afghanische Familie.«

In solchen Momenten hätte ich mir ein typischeres afghanisches Aussehen gewünscht. Die Gene meiner Mutter konnte ich nicht leugnen, sie ließen meine Haut und mein Haar einfach heller aussehen. Schon oft war ich deswegen mit Misstrauen beäugt worden, einer der Gründe, weshalb ich solche Kontrollen hasste. Immer ließen sie mich unnötig zittern und angespannt hoffen, ich möge aufgrund meiner Hautfarbe nicht falsch eingeschätzt werden.

Für einen Augenblick wandte sich der Gruppenführer dem Arzt und seiner Frau zu, dann sagte er zu mir:

»Wenn du Afghane bist, dann bist du bestimmt auch Muslim.«

Ich nickte entschieden.

»Dann sprich das Kalima. So werde ich schon feststellen, ob du mich belügst.«

Das Kalima war ein Gebet, das Glaubensbekenntnis des Islam, dessen erste und wichtigste Säule. Man sprach es immer auf Arabisch. Ich hatte zwar keine religiöse Erziehung genossen, aber wenigstens hatten meine Eltern die formellen Rituale unserer Religion zelebriert. Außerdem kam mir zugute, dass wir in der Schule die arabische Sprache, den Koran und die fünf Säulen des Islam mehr oder minder gelernt hatten. So konnte ich mich an das islamische Glaubensbekenntnis erinnern, irgendwie brachte ich es zusammen, und der Mudschahed war zufrieden für den Moment.

Im Lager der Rebellen

Unser Marsch wurde nun gemeinsam fortgesetzt. Die Mudschahedin sprachen nicht mehr mit mir, weshalb mein Unbehagen von Minute zu Minute wuchs. Nach ungefähr einer halben Stunde – in der Zwischenzeit war es hell geworden – näherten wir uns einer Anhöhe, auf der sich eine Art Festung befand. Ein schmaler Pfad wand sich in zahlreichen Serpentinen den Hang hinauf. Oben angekommen, versperrte uns ein mächtiges Holztor den Eintritt. Eine Vorrichtung aus einem Eisenbolzen und einer Holzplatte diente dem Anführer der Mudschahedin dazu, sich bemerkbar zu machen, kurz darauf öffnete ihm jemand mit einer Kalaschnikow im Anschlag.

Dies war der Moment, wo Hadji sich unerwartet von uns verabschiedete. Die Plötzlichkeit überraschte mich, doch offenbar schien seine Arbeit mit dem Eintreffen unserer Gruppe bei den Mudschahedin getan. Hadji nahm die Esel und wandte sich zum Gehen, seine bisher freundliche Art schlug in Desinteresse, fast Barschheit um. Ohne ihn betraten wir die Festung, befanden uns nun in einem Hof, den hohe Mauern umgaben und in dem zwischen bewaffneten und nicht bewaffneten Personen etliche Tiere – Hunde, Schafe, Kühe, Hühner – frei herumliefen. Am Rand des Hofes, entlang der Mauer, standen die Gebäude, niedrige Steinhütten, deren Öffnungen mit Decken behangen waren. Misstrauische Blicke musterten uns Neuankömmlinge – und immer wieder schienen sie an meinem Aussehen haften zu bleiben, was mich nur noch mehr verunsicherte.

An einem russischen Lastwagen vorbei wurden wir von dem Anführer in eines der Gebäude gewiesen. Auch hier fanden wir nur ein paar Matratzen vor. Wir durften uns erst einmal hinlegen und ausruhen, aber ich fand nicht zur Ruhe. Im Geiste sah ich immer wieder die kritischen Blicke der Mudschahedin vor mir und hörte die Fragen des Anführers; die Angst, nun in den Händen brutaler Rebellen zu sein, ließ mich nicht los. Ich hatte zudem bemerkt, dass über mich geredet wurde, dass nun sogar auch Abdullah und Fausia über meine Herkunft rätselten.

Man brachte uns Tee. Wir waren durstig und erschöpft von der nächtlichen Reise, die Kinder schliefen sofort ein. Ich fragte Abdullah, ob wir den Männern trauen können, was er bejahte. Er kenne den Schneider gut, der die ganze Sache organisiert habe. Ich bräuchte mir deshalb keine Sorgen zu machen.

Kurz darauf betrat einer der Männer unsere Hütte.

»Ihr werdet den ganzen Tag hier verbringen und erst spät abends weiterwandern«, sagte er. »Ruht euch bis dahin aus. Ihr seid wieder die ganze Nacht unterwegs.«

Seine dunkle, laute Stimme schien die Kinder in ihrem Schlaf zu stören. Sie waren bald wach und mussten dann auf die Toilette. Aber es gab keine Toilette, nur ein Loch. Auch kein Papier, man musste sich eben mit einer Handvoll Erde den Hintern putzen. Fausia nahm den Jungen und das Mädchen bei der Hand und verließ den Raum. Während Abdullah schlief, beobachtete ich durch eine kleine Öffnung das Treiben im Hof.

Der russische Lastwagen wurde von ein paar Männern mit Jutesäcken beladen, vermutlich Reis. Daneben spielten Kinder, jemand führte einen Esel irgendwohin. Meine Blase drückte, weshalb auch ich nach kurzem Zögern nach draußen ging. Fausia war mit ihren Kindern noch nicht wieder zurück, sie würde mir unterwegs wohl irgendwo entgegenkommen. Als ich eine der Steinhütten passierte, erregten leise Stimmen meine Aufmerksamkeit. Ich blieb sofort stehen, weil ich mir fast sicher war, dass dieser flüsternde Unterton nichts Gutes verhieß, und vergewisserte mich, dass sich niemand in meiner Nähe befand, dann lauschte ich. Meine Schulkenntnisse über den paschtunischen Dialekt reichten aus, um zu verstehen, dass die Männer über mich sprachen, über den auffällig hellhäutigen Nadjib.

»Der sieht nicht aus wie ein Afghane ... Wir müssen uns vor ihm in Acht nehmen ... Der könnte ein Spion sein ...« Eine andere Stimme: »Hadji weiß schon, was er tut. Wir arbeiten lange genug mit ihm zusammen. Es ist schon alles in Ordnung.«

Ich versuchte, der Unterhaltung zu folgen, begriff, dass die beiden Stimmen sich nicht einig wurden. Der Aufschrei eines spielenden Kindes riss mich aus meiner Konzentration, ich fuhr zusammen und stahl mich sofort davon, weiter nach der Toilette suchend. Mein Puls raste, meine Gedanken ebenso. Ich kam am großen Eingangstor vorbei, was zu meiner Überraschung sperrangelweit offen stand. Und dann hörte ich den Motor des russischen Lastwagens mit den Reissäcken auf der Ladefläche …

Was soll ich tun?, schoss es mir durch den Kopf. Hierbleiben oder fliehen? Das Risiko eingehen, von den Mudschahedin falsch eingeschätzt zu werden, oder erneut die Flucht ergreifen?

Ein Mann mit Turban, bäuerlich gekleidet, marschierte auf den Lastwagen zu und stieg in die Fahrerkabine. Der Motor lief immer noch, jetzt etwas lauter. Die Räder fingen an zu rollen. Ich ließ mein Bauchgefühl entscheiden, mein Kopf war zu keinem Entschluss fähig. Ich rannte los und sprang auf die Ladefläche. Versteckte mich zwischen den Reissäcken. Hatte kaum Platz gefunden, als der Lastwagen auch schon losfuhr und den Hof hinter sich ließ. Alles ging so schnell, dass mich mit Gewissheit niemand gesehen hatte. Da die Ladefläche nicht gedeckt war, konnte ich zwischen den Säcken hindurch beobachten, wie wir uns immer weiter vom Lager der Mudschahedin entfernten. Schon bald kehrte Stille ein, eine merkwürdige Stille, vielleicht die Ruhe nach dem Sturm, nach einer übereilten Flucht. Nur die Geräusche des Motors und das Quietschen der Stoßdämpfer auf der holprigen Straße begleiteten meine Gedanken, die nicht zur Ruhe kamen.

Zwischen den Reissäcken

Was hatte ich getan? Wohin ging die Fahrt überhaupt? War es richtig gewesen, den Mudschahedin zu misstrauen? Hatte ich mich jetzt in Sicherheit oder nur in weitere Schwierigkeiten gebracht?

Auf einer unruhigen Fahrt unter einem blauen, wolkenlosen Himmel, den immer wieder Kampfjets und Militärhubschrauber durchflogen, konnte ich lange genug über solche Fragen nachdenken. Es herrschte Krieg, wir fuhren durch Kriegsgebiet. Erst nach ungefähr zwei Stunden Fahrt verlangsamte der Laster sein Tempo und rollte nur noch, dann hörte ich laute Stimmen, die den Fahrer zum Anhalten aufforderten. Zwischen den Reissäcken hindurch versuchte ich zu erkennen, was vor sich ging. Etwa ein Dutzend Männer hatten den Lastwagen umzingelt. Jemand sprach mit dem Fahrer, andere begannen, die Ladefläche unter die Lupe zu nehmen. Voller Angst zwängte ich mich noch tiefer zwischen die Jutesäcke. Was sie mit mir anstellen würden, wenn sie mich entdeckten, durfte ich mir gar nicht ausmalen. Schweiß trat auf meine Stirn, mein Herz klopfte, sprengte beinah die Brust. Plötzlich hörte ich einen der Männer sagen, dass alles in Ordnung sei, dass der Fahrer weiterfahren könne. Dass Allah mit ihm sei. Vor lauter Erleichterung traten mir Tränen in die Augen.

Irgendwann nach längerer Fahrt – meine Blase hatte ich zwischen den Säcken entleert – erreichten wir schließlich ein Dorf. Wir hielten an, und der Fahrer verschwand in einem kleinen Haus. Wenige Minuten, so glaubte ich, um mir über eine neue Situation klarzuwerden: Sollte ich jetzt von der Ladefläche springen und ein weiteres Mal fliehen? Ich hatte nicht die geringste Ahnung, wo ich mich befand, vielleicht würde ich mich damit in eine nur noch nachteiligere Situation manövrieren. Sinnvoller schien es, einfach abzuwarten, mir blieb wohl nichts anderes übrig, als der Dinge zu harren, die da kommen würden. Genauso, wie ich es im Lager der Mudschahedin hätte tun sollen. Ich hätte von dort nicht abhauen dürfen.

Ich dachte an Fausia und Abdullah, an ihre Kinder. Wie es ihnen wohl erging? Ob sie die Reise planmäßig fortsetzen konnten? Ob mein Fehlen das Vorhaben in irgendeiner Weise beeinflusste? Und dann: Würden die Mudschahedin nach mir suchen? Waren sie dahintergekommen, dass ich auf den Lastwagen gesprungen war? Wenn ja, hätten sie eine Möglichkeit, den Fahrer darauf aufmerksam zu machen? Oder: Würde ich noch am Leben sein, wenn ich in der Festung geblieben wäre? Wie ging es für mich weiter? Mir blieb nichts anderes übrig, als zu hoffen, dass das Ziel des Fahrers auch ein günstiges Ziel für mich sein würde. So blieb ich zwischen den Säcken hocken und beobachtete, wie nach einer Weile die Tür des Hauses aufging und mehrere Personen sich dem Lastwagen näherten. Zwei stiegen ein. Die Fahrt im Schüttelbecher wurde fortgesetzt, eine weitere Stunde lang, bis wir auf eine bessere, aber immer noch unbefestigte Straße gelangten. Nun schien es immerhin etwas zügiger vorwärtszugehen.

Die Sonne stand schon tiefer am Himmel, als wir erneut ein Dorf erreichten. Vielleicht war es auch eine Stadt, ich erkannte viele Menschen, Tiere, Motorräder … Wo waren wir hier? Lowgar? Paktia? Wir hielten vor einem Gebäude, in dessen Nähe sich ein Brunnen befand. Die beiden Männer stiegen aus und verschwanden im Haus.

Jetzt, sagte ich mir. Das war der richtige Moment. Ich musste weg, durfte nicht weiter untätig bleiben, jederzeit könnte jemand mit dem Abladen der Reissäcke beginnen. Und dann hörte ich plötzlich eine Stimme rufen.

»Kabul, Kabul!« Mehrmals und ganz aufgeregt. »Kabul! Für Kabul hierher!«

Ich erblickte eine Gruppe von Männern, die sich um einen Kleinbus versammelt hatten. Zwei der Männer, vermutlich Fahrer und Beifahrer, waren offenbar damit beschäftigt, das Geld für die Fahrt einzukassieren. Ich musste nicht lange überlegen – das war die Gelegenheit. Ich befreite mich aus meinem Versteck, sprang von der Ladefläche, rannte auf den Kleinbus zu, was in der allgemeinen Hektik glücklicherweise niemandem auffiel, und mischte mich unter die Reisenden. Vom Fahrer, der bereits daran war, seinen Platz am Steuer einzunehmen, wollte ich wissen, ob der Bus tatsächlich nach Kabul fahre. Er nickte nur und schob mich in den Bus. Als zweitletzter Fahrgast setzte ich mich ganz hinten auf einen freien Platz.

Wir mussten uns immer noch in paschtunischem Gebiet befinden, für eine Konversation beherrschte ich die Sprache zu wenig. Zum Schutz vor Staub und unangenehmen Fragen verhüllte ich mein Gesicht mit meinem Kesh – einem Tuch, das man für vielerlei Zwecke verwenden konnte: darin schlafen, darauf essen, sich damit abtrocknen oder es um den Hals binden – und tat dann so, als würde ich schlafen. Ich wollte in keine Gespräche verwickelt werden.

Wieder fielen mir Fausia, Abdullah und ihre Kinder ein. Sie würden heute Nacht weiterreisen. Ich hoffte für sie, dass sich durch meine Flucht nichts daran änderte. Für mich würde es wohl wieder von vorne losgehen. Ich malte mir bereits Vaters Reaktion aus: Was tust du denn hier? Was ist denn passiert? Du warst ja nur drei Tage fort …

Meine Tarnung als Schlafender funktionierte recht gut, niemand der anderen Fahrgäste sprach mich an. Am Abend erreichten wir einen Kontrollposten in der Nähe von Kabul. Erstaunlicherweise verspürte ich kein bisschen Angst. Ich hatte keinen Ausweis bei mir, hätten sie mich danach gefragt, wäre ich in Schwierigkeiten gewesen. Also spielte ich weiterhin den Schlafenden. Zwei Soldaten stiegen in den Bus, schauten sich die Reisegäste genau an, stellten aber keine Fragen. Niemand musste seine Papiere zeigen, wenig später durften wir unsere Fahrt fortsetzen. Ähnliches geschah beim nächsten Posten, auf den wir schon nach wenigen Kilometern trafen. Einer der Fahrgäste musste sich ausweisen, der Fahrer ein paar Fragen beantworten, das war alles. Nun schien der Fahrt nach Kabul nichts mehr im Wege zu stehen.

Eine berauschende Nacht

Hier stand ich also wieder, am Anfang meines Lateins. Drei Tage umsonst. Als ich die vertrauten Straßen sah, kehrte doch tatsächlich etwas Leben in mich zurück, spürte ich aller Enttäuschung zum Trotz sogar ein wenig Freude aufkommen. In der Stadtmitte gab es einen Busbahnhof, wo auch unser Kleinbus nun anhielt. Ich stieg aus und winkte sofort ein Taxi herbei, das mich nach Hause bringen sollte, das heißt, zur Wohnung, wo mein Bruder und ich nach Mutters Abreise leben sollten.

Als mein Bruder mir die Tür öffnete, traute er seinen Augen nicht. Natürlich musste ich ihm erst die ganze

Geschichte erzählen, ehe ich duschen gehen konnte. So wie ich aussah und roch, wollte ich mich bei Vater nicht zeigen.

Geduscht und umgezogen machte ich mich auf den Weg zu Vaters Wohnung in der Chicken Street, die nur wenige Straßen von unserer Wohnung entfernt war. Vor der Machtübernahme durch die Kommunisten war die Chicken Street eine Touristenattraktion gewesen: Händler boten dort Teppiche, Schmuck und andere Waren feil, bezahlt wurde ausschließlich mit Dollars und Schwarzgeld. Die Straße hatte seither einiges ihres geschäftigen Lebens verloren.

Vater war ebenfalls sehr überrascht, als er mich sah. Ich schilderte ihm sämtliche Begebenheiten, versicherte ihm aber auch gleichzeitig, dass ich mich durch diesen Fehlschlag nicht entmutigen lassen wollte. Ich drängte nun darauf, das Angebot von Wais anzunehmen, das ich ja damals abgelehnt hatte, weil es mir nicht schnell genug ging. Nun wollte ich diese andere Möglichkeit nutzen und das Land über Dschalalabad verlassen.

Das Versteckspiel sollte also weitergehen: Jede Nacht eine andere Schlafstelle, was die Größe und Loyalität unserer Verwandtschaft erst möglich machte, jeden Tag auf der Hut sein und scharfsinnig das Umfeld beobachten. Immer wenn Militärfahrzeuge auftauchten, durchfuhr mich ein ungeheurer Schreck, oft gefolgt von diffusen Angstattacken, die ich bis heute nicht gänzlich losgeworden bin. Ein wenig Ablenkung bekam ich durch das Wiedersehen mit Nasrin. Wir trafen uns an geheimen Orten. Einige meiner Freunde und Bekannten waren bereits nicht mehr auffindbar, weiß der Himmel, wohin es sie verschlagen hatte. Ich musste achtgeben, wen ich über meine Anwesenheit und mein Vorhaben informierte, man konnte niemandem mehr trauen.

Zehn Tage vergingen auf diese Weise, als ich von meinem Bruder erfuhr, dass Wais mich gesucht habe. Ich vereinbarte gleich ein Treffen mit ihm in einem Restaurant, da er möglichst anonym bleiben wollte. Die Reise sei organisiert, ließ er mich wissen, in Kürze sollte mein zweiter Fluchtversuch starten. Natürlich erwähnte ich Wais gegenüber nichts von meinem ersten. Er hätte es möglicherweise als mangelndes Vertrauen in seine Person ausgelegt. Wais erklärte mir das geplante Vorgehen: In der darauffolgenden Woche würde es mit der ersten Etappe nach Dschalalabad losgehen, am Abend davor sollte ich mich bereits bei ihm einfinden, in der Nacht würde man mich abholen. Wir unterhielten uns über Einzelheiten wie Kleidung, Geld, Reisebörse und meinen Begleiter namens Habib, der mich gegen fünf Uhr morgens abholen kommen würde.

Meine Vorfreude war groß. Auch meine Dankbarkeit gegenüber Wais. Er hatte sich wirklich bemüht, mir eine rasche Fluchtmöglichkeit zu bieten, und im Gegensatz zum ersten Versuch war ich nun voller Zuversicht. Ich wollte nicht lange zu Hause bleiben, weil es einfach zu gefährlich war, steckte mir Geld ein und war gerade im Begriff, die Wohnung zu verlassen und mein nächstes nächtliches Versteck aufzusuchen, als es plötzlich an der Tür klopfte.

Im ersten Moment blieb ich erschrocken stehen. Ich fragte mich, wer das sein mochte, diese Wohnung war kaum jemandem bekannt. Nach erneutem Klopfen wagte ich einen verstohlenen Blick aus dem Fenster – und sah zwei Männer vor der Tür stehen: Die eine Person war Mahbubullah, ein Bekannter von mir. Die andere Person hätte ich als Allerletztes hier erwartet: Ahmed Zahir, berühmter Sänger und Musiker, eine Legende in Afghanistan. Weshalb gerade er bei mir auftauchte, schien mir allerdings ein Rätsel, wir kannten uns nur flüchtig durch gemeinsame Bekannte unserer Familien. Umso mehr ehrte mich die Anwesenheit einer solchen Persönlichkeit. Rasch vergaß ich alle gebotene Vorsicht und hieß die beiden willkommen. Zur Begrüßung küssten wir uns auf die Wangen.

»Was verschafft mir eine solche Ehre?«, fragte ich und sah dabei abwechselnd Mahbubullah und Ahmed Zahir an. Dann ahnte ich, worum es ging: Vermutlich hatte Mahbubullah von meinen Tabla-Künsten erzählt. Es war meine Leidenschaft. Schon seit der Kindheit spielte ich das indische Schlaginstrument, beigebracht hatten es mir Vater und Onkel Zia, die ihrerseits von einem indischen Großmeister darin ausgebildet worden waren. Das Tabla-Spiel hatte in unserer Familie Tradition, noch heute besitzt es in meinem Leben eine große Bedeutung.

»Ich spiele auf einem großen Fest«, antwortete Ahmed Zahir, nicht weniger respektvoll. »Leider habe ich niemanden, der die Tabla spielt. Du spielst doch Tabla? Recht ordentlich sogar?«

»Natürlich«, sagte ich. Aber dann rief ich mir die Wirklichkeit wieder in Erinnerung: »Aber ich kann dir nicht helfen. Ein Fest ist kein geeigneter Ort für mich. Ich bin auf der Flucht. Sie suchen mich. Das ist viel zu gefährlich.«

»Nadjib ...«, sagte er. »Das kannst du mir nicht antun.«

»Ich würde ja gerne.«

»Gib dir einen Ruck. Wir spielen zu einem privaten Anlass, nicht öffentlich. Das sind alles Leute, vor denen du dich nicht zu verstecken brauchst. Das Fest wird die ganze Nacht lang dauern. Bis die Ausgangssperre morgens wieder aufgehoben ist. Wir werden schon aufpassen, dass dir nichts passiert.« Er hielt kurz inne, zögerte, sagte dann: »Und übrigens wäre ich sonst allein.« Weshalb Ahmed Zahir es letztlich schaffte, mich zu überreden, war mir schleierhaft. Vermutlich lockte mich die Ehre, mit dem berühmten Ahmed Zahir spielen zu dürfen.

Ich sollte meine Entscheidung nicht bereuen. Es war eine berauschende Nacht voller tanzender und feiernder

Menschen. Eine Stimmung herrschte, die ich schon lange nicht mehr so erlebt hatte. Trotz meiner Erschöpfung, der erlebten Strapazen und der noch vor mir liegenden Flucht fühlte ich mich unbeschreiblich glücklich in jenen Stunden. Die Feier war noch in vollem Gang, als ich mir in den frühen Morgenstunden ein Taxi bestellte, um nach Hause zu fahren.

Viele Jahre später sollte ich von irgendwem eine Musikkassette mit einer Aufnahme jenes gemeinsamen Auftritts zugeschickt bekommen. Es war einfach wunderbar: mein Tabla-Spiel und der legendäre Ahmed Zahir! Ich war stolz, zumal ich wusste, dass diese Aufnahme hundertfach kopiert und weitergereicht worden war. Verrückt war aber auch, welches Risiko ich für diesen Auftritt eingegangen war. Ich konnte froh sein, dass in jener Nacht nicht eine falsche Person mitgefeiert hatte.

Gehetzt und geschlagen

Es war ein Dienstag – in der Zwischenzeit hatte ich alles für die Reise vorbereitet und mich erneut von meinen wichtigsten Freunden und Bekannten verabschiedet –, als ich mich kurzerhand dazu entschloss, ein letztes Mal durch meinen Stadtteil Shar-i-Nau zu spazieren.

Als Tarnung diente mir lediglich ein Hut, auf traditionelle Kleidung verzichtete ich. Ich trug Jeans und ein Hemd, recht modern für damalige Verhältnisse.

Im geschäftigen Treiben auf den Straßen wiegte ich mich in Sicherheit. Ich nahm mir Zeit, schlenderte durch den Park, wo wir Jungen früher oft Fußball gespielt oder über Mädchen geredet hatten. In aller Ruhe wollte ich mich von den erinnerungsträchtigen Orten und vertrauten Treffpunkten verabschieden, beim ersten Mal war einfach alles viel zu schnell gegangen. Jetzt genoss ich jeden Moment, vergaß die Zeit, ließ meinen Erinnerungen freien Lauf. Empfindungen überkamen mich, die ich mit niemandem teilen konnte und auch nicht wollte. Ich passierte die Kreuzung Torabas Khan, die berühmt war für die prachtvollen Auslagen ihrer unzähligen Obstläden. Der Duft der Früchte, das Leuchten der Farben, der Trubel ringsherum – ich atmete das Leben in Kabul noch einmal in tiefen Zügen ein.

Da traf mich sein Anblick wie der Schlag. Ich erkannte den Mann trotz seiner Zivilkleidung deutlich, wollte es nicht wahrhaben. Schnurrbart, dunkle Sonnenbrille, in der rechten Hand eine angebissene Frucht, die ihn nicht mehr zu kümmern schien, da er sein Augenmerk offensichtlich auf etwas anderes gelegt hatte. Auf jemand anderen. Nein, sagte ich mir, das kann nicht sein. Das durfte nicht sein. Was machte Allamak Khan hier?

Ich versuchte, mir nichts anmerken zu lassen. Hatte er mich bemerkt? Oder blickte er nur zufällig in meine Richtung? Dieses Schwein sollte doch in seiner Kaserne sein! Meine Angst wuchs. Ich tat, als würde ich ihn nicht sehen, und ging unbekümmert an ihm vorbei, mir wäre fast das Herz stehen geblieben. Aber ich musste herausfinden, ob er meinetwegen hier war.

Ich lief und drehte mich nach einigen Schritten unauffällig nach ihm um. Und sah zu meinem Entsetzen, dass er mir folgte. Flankiert von zwei Turbanträgern bewegte er sich, scheinbar völlig desinteressiert, in meine Richtung. Mir war schnell klar, dass er nur eines im Sinn hatte. Ich war wie gelähmt, was sollte ich nun tun?

Ich musste es bis zu Vaters Wohnung schaffen, schoss es mir in den Kopf, und ich setzte ein paar Schritte zu. Aus den Augenwinkeln konnte ich sehen, dass Allamak Khan und seine Männer stehen geblieben waren. Vermutlich wollte er abwarten, was ich vorhatte, jedenfalls schien er es überhaupt nicht eilig zu haben. In der Chicken Street angekommen, stieg ich die Treppe hoch und klopfte hastig an Vaters Apartmenttür. Es öffnete niemand. Auch die Tür seines Nachbarn, den ich gut kannte, blieb nach mehrmaligem Klopfen zu. Ich sah mich nach einem Hinterausgang um, nach einem offenen Fenster, fand aber nichts dergleichen. Mir blieb nur die Treppe, die ich hinaufgekommen war.

Für Allamak Khan ein Leichtes, mich jetzt zu schnappen, dachte ich. Er brauchte nur zu warten und mich unten auf der Straße in Empfang zu nehmen. Dort wimmelte es von Passanten, Allamak Khan war noch nicht in Sicht, vielleicht schaffte ich es, mich ungesehen davonzustehlen. Langsamen Schrittes ging ich weiter, immer den Eindruck vermittelnd, als hätte ich den Kommandanten nicht gesehen. Einmal bückte ich mich, um meine Schuhe neu zu schnüren und dabei unbemerkt einen Blick hinter mich zu werfen. Im Passantengewimmel erkannte ich die Sonnenbrille.

Nahe der Kreuzung Torabas Khan betrat ich ein Restaurant, dessen Besitzer ich gut kannte. Ich fragte ihn nach einem Hinterausgang oder einer anderen unauffälligen Fluchtmöglichkeit, aber er sagte, es gebe nur den Haupteingang. Was denn los sei? Ich winkte ab und verließ verzweifelt das Lokal. Ohne nach links oder rechts zu schauen, trat ich wieder auf die Straße. Ein Taxi fuhr heran, ich gab dem Fahrer ein Zeichen, er hielt an. Ich wollte einsteigen und spürte im selben Augenblick eine Hand auf meiner Schulter.

»Wohin denn so schnell?«, hörte ich eine Stimme fragen.

Ich drehte mich um und blickte in Allamak Khans fieses, triumphierendes Gesicht.

Ich sagte: »Zur Kaserne.«

Er lachte, und für Sekunden glaubte ich, er holte zum Schlag aus.

»Erzähl mir doch keinen Scheiß«, sagte er. »Du erwartest doch nicht von mir, dass ich dir das glaube, du verwöhnter Pinsel. Wieso bist du überhaupt hier?« Er blickte finster. »Glaub mir«, sagte er, »dich finde ich überall. Und wenn du Flügel hättest. Wieso bist du hier?«

»Ich hatte familiäre Probleme, die ich klären musste«, erwiderte ich, weil mir nichts anderes einfiel. »Aber jetzt wollte ich gerade zur Kaserne zurück.«

»O nein«, sagte er und zeigte auf seine Brust, »dort bringe ich dich jetzt hin.«

Wie sich herausstellte, handelte es sich bei den Männern mit den Turbanen um Geheimsoldaten in zivil. Auf Allamak Khans Befehl packten sie mich und führten mich in Richtung Park ab. Sie schoben mich durch die Menge, viele Menschen waren darunter, die mich kannten, und ich schämte mich vor ihnen, wie ein Verbrecher behandelt zu werden.

An der Kreuzung Hadji Akub steuerten wir auf die Militärpolizisten zu, die sich dort, wie an den meisten belebten Orten der Stadt, positioniert hatten, um für Ruhe und Ordnung zu sorgen. Allamak Khan wies sie an, mich mit einem Taxi auf ihre Station zu bringen. Und zwar sofort, ich sei gefährlich. Sie gingen hart mit mir um, hielten mich im Polizeigriff fest und zwängten mich, indem sie mich an Schultern und Kopf niederdrückten, in das Taxi hinein. Eingeklemmt zwischen den beiden Militärs wurde ich zur Station gefahren.

Es stellte sich zu meinem Entsetzen heraus, dass sich diese Station nur unweit von Wais' Wohnadresse im Bezirk Wazir Agbar Khan befand. Was für eine Ironie, dachte ich, dass ich nun beinahe an jenen Ort gebracht wurde, wo ich mich vierundzwanzig Stunden später hätte einfinden sollen, um meine Reise anzutreten. Ich begegnete Wais auch prompt, als wir uns auf der Hauptstraße der Station näherten. Er ging den Gehsteig entlang, und es gelang mir irgendwie, mich bemerkbar zu machen. Schockiert, gleichsam ratlos blickte er uns hinterher. Zweihundert Meter weiter erreichten wir die Polizeistation. Durch das Rückfenster konnte ich sehen, dass Wais stehen geblieben war und das Geschehen aus der Entfernung beobachtete.

Die beiden Militärs stiegen aus, wobei nur einer von ihnen mich aus dem Wagen zog. Dies sollte meine Chance sein. Niemals würde ich diese Station betreten, war ich entschlossen. Sobald ich hinter diesem Tor landete, würde meine Flucht wohl zu Ende sein, bevor sie begonnen hatte. Jetzt oder nie, dachte ich. Als ich sicher auf beiden Beinen stand, rammte ich dem Mann, der mich am rechten Arm festhielt, den Ellbogen in die Magengrube. Er schrie auf und ging mit schmerzverzerrtem Gesicht in die Knie.

Noch bevor der andere begriff, was geschehen war, rannte ich los. Ich rannte Wais entgegen und rief ihm zu, er solle mir mit einem Taxi folgen. Sein Blick verriet mir, dass er entschlossen war, mir zu helfen, aber ich wusste nicht, ob er mich verstanden hatte. Ich rannte weiter, mobilisierte alle Energie, die ein Körper in Angst freizusetzen vermag, schaute nicht nach links und nicht nach rechts und schon gar nicht zurück.

Nach ungefähr hundert Metern bog ich in eine Parallelstraße ein. Ich kam an der Rückseite des Zainab-Kinos vorbei, in dem ich mit meinen Freunden unzählige Stunden verbracht hatte. Ein Lastwagen überholte mich, er hatte Kies und Schutt geladen und zog eine helle Staubwolke hinter sich her. Ich lief noch etwas schneller, um den Laster einzuholen und mich an seinem Anhänger auf die Ladefläche hochzuziehen. Bis zum großen Stadtpark wollte ich mitfahren. Wenige Straßen galt es noch zu queren, dann würde ich auf der linken Seite abspringen können und über eine kurze Verbindungsstraße den Park erreichen. Es gab dort viele Verstecke, und sobald etwas Ruhe eingekehrt sein würde, wollte ich bei Bekannten, die unweit des Parks wohnten, untertauchen. Die Militärfahrzeuge, die meine Verfolgung aufgenommen hatten, befanden sich erst am Anfang der Straße, ich hatte also einen angemessenen Vorsprung.

Auf dem Anhänger versuchte ich, wieder zu Atem zu kommen, und konzentrierte mich auf den Moment, wo ich von der Ladefläche springen würde. Ich zögerte keine Sekunde, als wir die Höhe des Parks erreicht hatten. Um die Fahrtgeschwindigkeit aufzufangen, rollte ich mich nach dem Sprung zur Seite ab und stand sofort wieder auf den Beinen, um meinen Spurt fortzusetzen. Jetzt nur noch durch die Querstraße rennen, dann hatte ich es bis zum Park geschafft.

Und plötzlich, wie aus dem Nichts, überholte mich ein Auto und schnitt mir mit einer waghalsigen Bremsung den Weg ab. Der Fahrer riss die Tür auf, stellte sich breitbeinig auf die Straße und hielt mir eine Waffe vor die Brust. Ich hatte damit nicht gerechnet und konnte deswegen nicht schnell genug reagieren.

»Hände hoch und stehen geblieben!«, schrie er mich an. Ein von Hass erfülltes junges Gesicht blickte mich an, ein Landsmann, kaum älter als ich. Er trug zivile Kleidung und hatte den Finger am Abzug. Mein Gott, dachte ich, woher wusste dieser junge Mann, dass ich mich auf der Flucht befand? Wer war er überhaupt und woher kam er?

In derselben Sekunde fuhr ein Taxi heran. Es war derselbe Wagen, der mich zur Station gebracht hatte, nur mit dem Unterschied, dass jetzt das Gesicht meines Freundes Wais hinter der Windschutzscheibe zu erkennen war. Einen kurzen Moment lang sahen wir uns in die Augen, mein Blick erschöpft, hoffnungslos, der seine hellwach, erschrocken über die Szene, die sich ihm bot. Ich sah Wais ein paar Worte mit dem Fahrer wechseln, dann ging sein Blick wieder zu mir, und ich begriff, dass er mir nicht helfen konnte. Sie fuhren weg. Was hätte er tun können? Er hätte sich höchstens selbst in Gefahr gebracht.

Kaum waren sie um die Ecke, da bogen hinter mir die Militärfahrzeuge in die Querstraße ein. Nun schien es um mich geschehen. Mehrere Soldaten stiegen aus und kamen auf mich zu. Sie schlugen auf mich ein, trafen immer wieder meinen Kopf, hielten mich fest und schlugen zu. Immer wieder spürte ich die harten Schläge auf meinem Körper, ich war den Soldaten wehrlos ausgeliefert. Sie schlugen und schrien und ließen ihren Ärger und Hass an mir aus. Unter dem Hagel ihrer Fäuste und Ellbogen sah ich, wie einer sich bei dem jungen Mann mit dem Gewehr bedankte. Sie spionierten für die Kommunisten, dachte ich, waren so jung schon Mitglieder oder Funktionäre der Partei. Sie verschafften sich Respekt mit unmoralischen, hinterhältigen Taten. Sie waren mit den besten Waffen ausgerüstet. Ein Netz von Spionen hatte sich in der Stadt ausgebreitet, die Gesellschaft hatte sich mit dem kommunistischen Virus angesteckt, und wie gut dieses Netz funktionierte, hatte dieser junge Kerl soeben bewiesen.

Ich wurde zur Station gebracht, die der Militärpolizei vornehmlich für Untersuchungen und Verhöre diente. Von hier aus wurden Verdächtige ins Gefängnis oder sonstwohin weitertransportiert. Natürlich waren nun alle gewarnt, diesmal wurde ich so in die Mangel genommen, dass ich nicht einmal an einen Fluchtversuch denken konnte. Zwei Soldaten sperrten mich in eine Zelle im Keller. Es war nicht mehr als ein finsteres, feuchtes Loch, eng und so niedrig, dass ich nicht aufrecht stehen konnte. Der Gestank von Fäkalien stieg mir in die Nase. Ich versuchte, in der Schwärze etwas zu erkennen, und je mehr sich meine Augen an die Dunkelheit gewöhnten, desto deutlicher schälten sich zwei Schatten aus ihr heraus.

Die Schatten zweier Männer. Hergekrochen kamen sie wie Tiere, ich erkannte Bärte, lange strähnige Haare, Körper voller Dreck. Sie fingen an zu reden. Es stellte sich heraus, dass sie bereits seit einem halben Jahr in diesem Loch steckten. Was draußen los sei, wollten sie wissen. Warum ich hier sei. Was ich getan hätte.

Blankes Entsetzen erfasste mich. Ich sah mich bereits wie diese beiden armseligen Kreaturen in dem Kellerloch verrotten. Ich erzählte ihnen, was vorgefallen war, dass ich aus dem Militär geflohen und wieder geschnappt worden war. Im Gegenzug erfuhr ich, dass der eine Offizier sei und dass beide aus unerfindlichen Gründen aus dem Weg geräumt worden wären. Ohne jegliche Verurteilung, ohne Prozess. Jedenfalls würde man sie zu Unrecht in diesem Loch festhalten.

Ich wusste nicht, ob sie die Wahrheit sagten. Trauen konnte man ja niemandem mehr. Die einzige Hoffnung, die mir blieb, war Wais, dachte ich. Vielleicht würde es ihm möglich sein, mit Vater in Verbindung zu treten oder sonstige Beziehungen spielen zu lassen. Viel versprach ich mir allerdings nicht davon. Die Zeiten, da Großvater und Vater noch Einfluss auf die Geschehnisse hatten, waren vorbei. Meine Lage war ziemlich aussichtslos, da brauchte ich mir nichts einzureden.

Eigentlich war ich selbst schuld. Wer hatte mir denn geraten, meine Wegreise abzubrechen und aus dem Lager der Mudschahedin zu fliehen? Wer war es denn, der sich einen Spaziergang durch die Stadt erlaubt hatte, obwohl es ratsamer gewesen wäre, versteckt zu bleiben? Wer war denn so blöd gewesen, Allamak Khan auf offener Straße wieder in die Fänge zu gehen? Und: Wer hatte denn das Gefühl gehabt, die Strapazen im Militär nicht auf sich nehmen zu können, und das Weite gesucht? Damit hatte doch erst alles angefangen. Ich war selbst verantwortlich für meine Misere. Und ich spürte auf einmal neben allem Gräuel und der Wut auf mich selbst wieder dieses Verlassen-Sein, die Einsamkeit, das Auf-sich-allein-gestellt-Sein – wie kurze Zeit zuvor, als Mutter uns alle sitzen gelassen hatte und allein in die Schweiz zurückgekehrt war.

Und dennoch, sagte ich mir, musste es doch einen Weg geben, aus diesem stinkenden Kellerloch wieder herauszukommen. Das Schlimmste, was ich tun konnte, war, nichts zu tun, einfach dazusitzen, Trübsal zu blasen und mich meinem Schicksal hinzugeben. Ich musste handeln. Ich musste versuchen, meine Kräfte geschickt und sinnvoll einzusetzen und meine Ideen spielen zu lassen.

Nasenstrich

Als die Zellentür aufging, schreckte ich aus meinen Gedanken hoch. Licht erfüllte für Sekunden das dunkle Loch, jemand rief meinen Namen. Ich antwortete, kurz darauf spürte ich bereits einen festen Griff am linken Arm. Von einem Soldaten wurde ich abgeführt, widerstandslos ließ ich mich in ein anderes Gebäude bringen, wo sich vermutlich das Büro des Kommandanten befand.

Jemand saß da, die Füße auf dem Tisch, in der einen Hand eine Tasse Tee, in der anderen den Unterteller. Der Mann gab sich sehr lässig, so als würde ihn meine Geschichte nicht groß kümmern. Im Gegensatz zu Allamak Khans persönlichen Abneigungen gegen mich war ich ihm wohl nicht so wichtig.

»Du bist also derjenige, der hier dieses Theater macht«, sagte er mit fester Stimme.

Ich antwortete nicht.

»Du bist vom Dienst geflohen, nicht wahr?«

Ich nickte und hielt es für angebracht, mich zu entschuldigen. Das machte immer Eindruck.

»Aber wieso denn?«, fragte er, sein Ton nun beinahe einfühlsam, was mich etwas verwirrte. Ich sagte es ihm. Dass ich private Probleme gehabt hätte, dass mein Bruder einen Selbstmordversuch begangen hätte und meine

Mutter ausgereist sei. Dass ich deswegen nicht im Militär hätte bleiben können.

»Du weißt aber, dass wir Krieg haben. Wir sind im Krieg, und wenn man im Krieg flieht, ist man ein Deserteur.« Er sprach wie ein Vater, der sein Kind belehrt. Der Tonfall demütigte und ängstigte mich, und ich erwartete eine harte Strafe.

»Wie heißt du?«, fragte er und winkte dabei einen Soldaten zu sich.

»Nadjib«, sagte ich.

»Bring Nadjib in die Kantine«, sagte er zu dem anderen, und damit schien mein Fall für ihn erledigt.

In dem besagten Raum war es dunkel. Trotzdem konnte ich seine ungefähren Ausmaße erahnen, vielleicht fünf Meter in der Breite und sechzig oder siebzig Meter lang. Links und rechts des Korridors, der den Raum teilte, lag jeweils eine Reihe Menschen. In diesem Moment spürte ich einen Stoß im Rücken, dann hörte ich die Tür hinter mir ins Schloss fallen. Da stand ich nun und konnte in meiner unmittelbaren Nähe nirgends eine Lücke zum Sitzen ausmachen. Ich tastete mich den Gang entlang, wobei ich hie und da über Beine stolperte. Es stank erbärmlich. Dauernd stöhnte oder schrie jemand. Plötzlich hörte ich jemanden meinen Namen nennen.

»He, komm her, du bist doch Nadjib.« Ich sah nur einen Körper, der sich unter einem dünnen weißen Tuch vor den Moskitos schützte. Als der Mann das Tuch anhob, erkannte ich Ajub, einen Bekannten aus früheren Zeiten.

»Komm her, ich mach dir ein wenig Platz.«

Ich setzte mich zu ihm. Mit Tränen in den Augen erzählte Ajub, dass er sechs Monate zuvor am Flughafen verhaftet und direkt hierhergebracht worden war. Seither musste er täglich Qualen erleiden. Und dies scheinbar nur, weil seine Familie dem Regime nicht passte. Er hatte sogar in Russland studiert, doch selbst dieser Umstand hielt sie nicht davon ab, ihn zu foltern und niederträchtig zu behandeln. Er wusste nicht, weshalb er hier war und was sich außerhalb dieses Gebäudes abspielte.

Als ich ihm über meine Fluchtversuche erzählte, begann er zu weinen. Wie ein Häufchen Elend saß er da, völlig am Ende, abgemagert und eingefallen, immer wieder den Kopf schüttelnd. Das hatte der Kommandant also mit Kantine gemeint. Ein Ort des Schreckens, der Krankheit und Fäulnis, der lebendigen Verwesung.

Immer wieder kamen Wachen herein und nahmen Leute mit. Oder sie brachten jemanden zurück, warfen einen blutüberströmten Körper zu Boden. Nie kehrte Ruhe ein, immer weinte, winselte, stöhnte oder schrie jemand. Als die Nacht hereinbrach, versuchte ich trotz all des Leides etwas Schlaf zu finden, aber für mehr als zwei Stunden reichte es nicht.

Am nächsten Morgen erhielt jeder Tee und ein Stück Brot. Das hereinbrechende Tageslicht offenbarte ein furchtbares Bild. Ich traute mich kaum, mich umzusehen, wohin ich mich auch wandte, erblickte ich Leid und Elend. Verletzte Soldaten, Verwundete, Gefolterte jeglicher Altersgruppe oder Herkunft. Diese Station war eine Zwischenstation, auch wenn Ajub schon mehrere Monate hier war. Eine Zwischenstation in eine ungewisse Zukunft. Nach Verhören und Folterungen wurde über das Schicksal der Gefangenen entschieden, oft wohl willkürlich oder nach Lust und Laune; entweder blieb man weiterhin hier eingesperrt oder man wurde in ein Arbeitslager versetzt, für den Kriegseinsatz eingeteilt oder hingerichtet.

Ich malte mir gerade meine eigene schreckliche Zukunft aus, als jemand die Tür aufmachte und meinen Namen rief. Ajub umarmte mich sofort, schließlich wussten wir nicht, ob oder in welchem Zustand wir uns wiedersehen würden. Ich zitterte am ganzen Leib vor Angst. Ajub weinte.

Dass ich ihm fünfzehn Jahre später in Lausanne wiederbegegnen sollte, hätte ich in diesem Augenblick nicht für möglich gehalten. Ajub war allerdings sehr krank und schwach und verstarb 2002 in der Schweiz.

Wieder wurde ich ins Büro des Kommandanten geführt. Diesmal telefonierte er gerade, seine bestiefelten Füße auf dem Tisch. Als er mich sah, legte er auf und winkte mich zu sich.

Ob es mir leid tue, was ich getan hätte, wollte er von mir wissen. Ob ich nicht Reue empfinde dafür, dass ich das Militär im Stich gelassen hätte.

»Aber natürlich«, erwiderte ich sofort und spürte, wie sich alles in mir querstellte gegen diese Antwort.

»Wenn du mir versprichst, dass so etwas nicht wieder vorkommt, lasse ich dich gehen«, sagte er zu meiner großen Überraschung und forderte mich auf, einen Nasenstrich zu machen.

Den sogenannten Chatebini ließ man Kinder machen, wenn man sie für etwas entschuldigen lassen und ihnen ins Gewissen reden wollte. Das Kind musste sich dazu hinknien und mit der Nasenspitze den Fußboden berühren. Für einen Zwanzigjährigen mutete diese Aufforderung doch etwas sonderbar an, aber wenn die Sache damit erledigt war, dachte ich mir, ließ ich den Nasenstrich eben über mich ergehen.

Ich kniete nieder und beugte mich vor. Er schaute mir genüsslich zu und grinste, während ich einfach nur hoffte, dabei nicht von ihm getreten oder geschlagen zu werden, was auch nicht passierte. Danach forderte er mich auf, nach Hause zu gehen.

»Hol deine Militärsachen und geh in deine Kaserne zurück! Und mach diesmal keinen Fehler mehr.«

Ich glaubte meinen Ohren nicht zu trauen. Sollte ich mich darüber freuen oder trieb er nur Späße mit mir? Waren seine Worte tatsächlich ernst gemeint, nachdem er mich eine Nacht lang in der Kantine hatte schmoren lassen, oder gab es einen Haken? Sollte ich tatsächlich eine solche Gelegenheit geschenkt bekommen? Ein Wechselbad der Gefühle überkam mich in diesem Moment. Ich wusste nicht, wie ich darüber denken sollte, konnte die Situation nicht einordnen und suchte nach den richtigen Worten, als die Tür aufging und eine mir wohlbekannte Stimme durch das Büro des Kommandanten hallte.

»Nein, nein, der kommt mit mir! Ich bringe ihn eigenhändig in die Kaserne zurück.«

Sogar der Kommandant schien von Allamak Khans Einwand überrascht zu sein, denn es entstand eine kurze Pause, in der sich die beiden wortlos Blicke zuwarfen. Aber er fügte dem nichts hinzu. Offenbar hatte Allamak Khan nicht wenig Einfluss und war in Führungskreisen gefürchtet. Nicht einmal der Kommandant wollte etwas gegen Khans Worte einwenden.

Und so wurde ich von Khans Soldaten erneut in den Polizeigriff genommen, aus dem Gebäude gezerrt und auf den Rücksitz eines Militärjeeps gestoßen. Khan setzte sich neben mich und drohte mir, mich sofort zu erschießen, sollte ich auch nur daran denken, eine falsche Bewegung zu machen. Ich sei gefährlich und müsse in Schach gehalten werden, hieß es. Bestimmt sei ich ein Spion, aber das würde mir nichts nützen, schnell sei ich um die Ecke gebracht, sollte es die Situation denn erfordern. Ein abschätziger Ton schwang in seiner Stimme mit. Wieder kostete er den Moment richtig aus. Wir fuhren direkt zur Kaserne. Khan lieferte mich bei der Eingangswache ab mit dem Befehl, mich in die Verhörräumlichkeiten bringen zu lassen. Ich landete in einer kleinen Zelle mit Pritsche und Stuhl und hatte mich kaum hingesetzt, als ein Major hereintrat.

»Ich kenne dich aus dem Radio und aus der Zeitung«, sagte er mit unverhofft freundlicher Stimme. »Mein Bruder war ein Schüler deines Vaters. Ich kenne deine Familie. Mach dir also keine Sorgen.«

Sofort beruhigte ich mich etwas. Andererseits hatte ich schon genug erlebt, um niemandem und keiner Situation mehr zu trauen.

Der Major wollte wissen, weshalb ich geflohen war. Ich erzählte ihm, wie schon allen anderen vor ihm, nur die halbe Geschichte, worauf er mir noch einmal versicherte, es werde mir nichts geschehen. Natürlich nur, wenn ich nicht wieder ausreißen würde. Ansonsten könne er für nichts mehr garantieren. Dann verschwand er und ließ mich allein in der kleinen Zelle.

Den Rest des Tages wurde ich verhört. Stundenlang. Immer und immer wieder wurde dasselbe gefragt, immer und immer wieder erzählte ich dasselbe, immer und immer wieder lehnte ich die Zigaretten ab, die mir angeboten wurden. Je länger es dauerte, desto mehr gewann ich den Eindruck, dass die Leute mit der Fragerei einfach beschäftigt wurden. Sie machten ihre Arbeit, der Rest interessierte sie nicht. Einen Sinn ergab das Ganze jedenfalls nicht, es sei denn, man bezweckte damit, mich weichzukochen. Mir kam die Sache ziemlich lächerlich vor, dennoch konnte ich die Angst vor der Folter nicht unterdrücken.

Auch die darauffolgende Nacht verbrachte ich in der engen Zelle. Am nächsten Morgen tauchte der Major wieder auf.

»Also, Nadjib, du bist nun eingeteilt worden«, sagte er genauso freundlich wie am Vortag. »Dein künftiger Abteilungskommandant will dich vorher noch treffen und mit dir sprechen. Was mit dir geschieht, wird er entscheiden.«

Na bravo, dachte ich, nun sollte also alles von vorne losgehen.

Der Mann hieß Daria Khan. Er spielte Schach mit einem anderen Offizier, als ich sein Büro betrat. Warum ich hier sei, fragte er, ohne aufzusehen. Ich nannte ihm meinen Namen und erklärte, dass ich die Weisung bekommen hätte, mich bei ihm zu melden.

»Ach so«, sagte er, »du bist also der junge Mann, der nicht ins Militär will. Dieser Deserteur.«

»Ich bin kein Deserteur«, erwiderte ich. »Ich hatte nur familiäre Probleme zu regeln.«

Er stand auf und kam mit großen Schritten auf mich zu. Um seinen stolzen Blick zu erwidern, musste ich an ihm hochsehen. »Dir ist hoffentlich bewusst, dass wir uns im Krieg befinden?«

»Mein Bruder —«

»Dein Bruder ist mir scheißegal! Wir haben hier einen Krieg zu führen. Und auch du wirst kämpfen!«

Er griff zum Schachbrett und schlug mir damit auf den Kopf. Reflexartig hob ich die Arme über den Kopf, um weitere Schläge abzuwehren.

»Wache!«, schrie er, »werft ihn in das Zelt!«

»Es sind keine Zelte mehr frei«, kam von irgendwo die Antwort.

»Dann stellt ihn auf den Hügel«, sagte Daria Khan nach einer kurzen Denkpause. »Er soll so lange dort oben stehen, bis ich sage, dass es genug ist. Er darf nicht schlafen, und zu essen und zu trinken bekommt er auch nichts. Und wehe, er setzt sich hin!«

Zwei Soldaten brachten mich zu dem Hügel. Der Kommandant konnte ihn von seinem Bürofenster aus sehen.

Die ersten vierundzwanzig Stunden waren mehr oder weniger auszuhalten. Nachts war es kalt und tagsüber brannte mir die Sonne auf den Kopf. Doch die Tage und Nächte häuften sich. In der Dunkelheit steckte mir hin und wieder einer meiner Kameraden ein Stück Brot zu oder brachte mir eine Schüssel mit Wasser. Wenn jemand aus meiner Abteilung Wache hielt, konnte ich mich auch mal hinlegen, schließlich übernachtete der Kommandant nicht in seinem Büro. Trotzdem war ich mit meinen Kräften bald am Ende. Morgens wurde ich Zeuge der

Appelle auf dem Exerzierplatz vor dem Hügel und musste die Reden des Kommandanten mitanhören.

Am Morgen des fünften Tages wurde ich von Daria Khan erlöst. Vermutlich hatte er einfach spontan entschieden – mit einer lässigen Handbewegung winkte er mich vor die versammelte Truppe. Ich stand neben ihm, konnte mich kaum noch auf den Beinen halten, während er seinen Leuten erklärte, dass ich ein Deserteur sei und dass Deserteure auf diese Weise bestraft würden. Wer auch immer zu fliehen versuche, dem widerfahre dasselbe wie mir.

Dann befahl er mir, mich auf den Boden zu werfen und zu robben. Dies musste ich einige Minuten lang vor all meinen Kameraden tun, bis Daria Khan fand, dass es genug sei. Ich war völlig erschöpft, meine Arme bluteten, ein Weinkrampf überfiel mich. Meine sonst so kräftigen Beine zitterten wie Espenlaub.

Daria Khan schrie mich an: »Wenn du noch einmal versuchst zu fliehen, dann überrolle ich dich höchstpersönlich mit dem Panzer. Vorwärts und rückwärts, so lange, bis nur noch Matsch von dir übrig ist! Hast du das verstanden?

Habt ihr das alle verstanden? Wir sind im Krieg. Wir sind hier, um unser Land und unsere Familien vor den Rebellen zu verteidigen. Wir haben einen Auftrag, und ihr müsst euren Dienst tun!« Dass er den Sachverhalt umdrehte, hatte niemanden zu interessieren. Schließlich waren es die Russen, die durch die Ermordung Sardar Daouds die Macht im Land an sich gerissen hatten. Was das vom Kommunismus infiltrierte Militär machte, war nichts anderes, als diese Revolution zu unterstützen und sämtlichen Widerstand im Land zu brechen.

Ich wurde in unsere Unterkunft geschickt. Ich sollte mir dort meine Militärkluft anziehen und sofort wieder zum regulären Dienst erscheinen. Was ich auch tat, nachdem ich mich auf meine ehemalige, immer noch freie Pritsche gelegt hatte, um wenigstens ein paar Minuten durchzuatmen.

Der Name der Nacht

Hundegebell in der Ferne, sonst Stille. Über der kleinen, ungedeckten, aus Steinen gebauten Wachstation inmitten des schwarzen Wüstenstrichs funkelte ein wunderbarer Sternenhimmel. Ich musste Wache schieben hinter der Kaserne auf einem Hügel, der an offenes Gelände grenzte. Diese Momente hasste ich, war immer völlig angespannt. Wenn man der Stille lauschte, hörte man alle möglichen Geräusche.

Wieder das ferne Hundegebell, dann plötzlich Schritte im Sand, ein leises Knirschen unter Sohlen. Die Schritte kamen näher, innerlich bereitete ich mich auf das vor, was uns in der Ausbildung zum Wachdienst eingetrichtert worden war. Ich lauschte, konnte aus dem Geräusch nur auf ein Paar Stiefel schließen. Die Kontrollgänge unserer Offiziere wurden immer zu zweit durchgeführt, so weit ich mich erinnerte, und das beunruhigte mich jetzt.

Dann schälte sich ein Schatten aus der Dunkelheit. Ich wartete noch einen Augenblick, dann stand ich auf, nahm das Gewehr in Anschlag und rief: »Halt! Gib mir den Namen der Nacht!« Aber der Schatten leistete keine Folge. Stumm kam er auf mich zu. »Bleib stehen!«, brüllte ich, wohl auch aus Angst, und verlangte erneut das Codewort. »Wie lautet der Name der Nacht? Gib mir den Namen der Nacht!«

Das Codewort wechselte täglich beziehungsweise nächtlich. Das sollte uns ermöglichen, Feinde oder Eindringlinge sofort zu entlarven. Aber die Person, die sich näherte, sagte nichts. Sie hätte in jener Nacht »Helikopter« sagen müssen und ich dann »Herat«. Aber sie schwieg, sodass ich ein drittes Mal den Namen der Nacht forderte. Ich schrie aus voller Kehle, spätestens jetzt hätte ich die Befugnis gehabt zu schießen und entsicherte mein Gewehr.

»Ich bin es«, ertönte Allamak Khans Stimme, und jetzt erkannte ich seinen Körper und sein breites Grinsen. Ich hätte ihn erschießen können, dieses fiese Schwein, ihn einfach umlegen, dachte ich und war im selben Moment überrascht über meine Bereitschaft, einen Menschen umzubringen, meinem größten Widersacher Allamak Khan einfach das Licht auszublasen. Es war verrückt, die Sache machte mir Angst. Noch ein paar Schritte mehr, und ich hätte wirklich abgedrückt. Stattdessen hielt Khan inne und nannte noch einmal seinen Namen.

»Auf die Knie und die Hände hinter den Kopf«, schrie ich, und er tat es.

»Wie lautet der Name der Nacht? Los, oder ich schieße!«

Diesmal nannte er das Codewort. Ich fragte ihn, was das solle, weshalb er allein gekommen sei.

»Ich wollte sehen, ob du endlich ein richtiger Soldat geworden bist«, grinste er.

»Das wäre um ein Haar ins Auge gegangen. Ich hätte Sie sofort erschießen können«, entgegnete ich.

»Das hättest du nicht getan«, antwortete er. »Dazu hätte dir der Mut gefehlt. Du bist nur ein verwöhnter Schnösel aus Kabul. Aber vielleicht wirst du ja noch ein richtiger Soldat. Ich werde dich weiter dazu erziehen müssen.« Er setzte wieder sein hässliches Grinsen auf. »Du bist noch nicht Mann genug«, stellte er fest.

Dann drehte er sich um und verschwand in der Dunkelheit.

Im Feuerhagel

So begann der Alltag in der Kaserne für mich von Neuem. Schikanen, Märsche, kommunistische Parolen. Mehrmals in der Woche wurden Probealarme durchgeführt. Eines Tages, es war kurz vor dem Abendessen, erschien Allamak Khan in unserem Schlafraum. Er suchte sich ein paar Soldaten aus, mich eingeschlossen. Wir mussten unsere Sachen packen und uns zum Fahrzeugpark begeben.

Der mir zugeteilte Panzer war bereits mit sechs Soldaten besetzt. Ich nahm meine Stellung im Geschützturm ein, weil ich dafür ausgebildet worden war. Das bedeutete: Übersicht behalten und im Ernstfall schießen. Wir nahmen Kurs auf Kabul. Hinter dem Flughafen befanden sich laut Aussage unseres russischen Zugskommandanten Dörfer, die in die Hände der Mudschahedin gefallen waren. Unsere Aufgabe war es, diese Dörfer wieder von den Rebellen zu befreien. So rollten wir ungefähr eine Stunde lang mit fünf weiteren Panzern und vier Jeeps durch offenes Wüstengelände. Mir war durchaus klar, dass es im Ernstfall zu einer Katastrophe kommen würde. Abgesehen von meiner eigenen Unerfahrenheit waren auch die anderen Soldaten für einen Kampf gegen die brutalen, geländekundigen Mudschahedin zu wenig ausgebildet. Raketen hatte ich nur ein einziges Mal zu Übungszwecken abgefeuert, ich hoffte inständig, nicht auf den Feind treffen zu müssen.

Doch schon bald hörten wir Schüsse und Explosionen aus allen Richtungen. Sofort brach auf unserem Gefährt Hektik aus. Kaum verwunderlich, dass unser Panzer von einem Geschoss getroffen wurde, ehe ich unser eigenes Geschütz überhaupt in Position gebracht hatte. Die Erschütterung war heftig, die Detonation der Rakete riss ein Loch in unsere Front, im Innern breitete sich gewaltiger Rauch aus. Ohne zu zögern, kletterte ich aus der Luke. Als ich sah, dass unser Panzer unter Feuer stand, sprang ich ab.

Hinter einem größeren Felsbrocken versteckte ich mich und konnte die Situation einigermaßen überschauen. Der Jeep, der unsere Kolonne angeführt hatte, brannte bereits. Ein zweiter Panzer ebenso. Geduckt lief ich weiter, suchte hinter Felsformationen immer wieder neue Verstecke, um dem Chaos aus brennenden Panzern und schreienden Soldaten zu entkommen, bis ich beobachtete, wie unser zweitletzter Panzer und ein Jeep umkehrten. Ich rannte los. Riss die Tür des fahrenden Jeeps auf. Zwei Kameraden zogen mich in den Wagen. Umgeben von Kugelhageln fuhren wir zurück. Vermutlich hatten sie den Befehl zum Rückzug erhalten. Über Funk forderte der russische Kommandant Verstärkung an, die Verletzten sollten ins Lazarett gebracht werden.

Erst jetzt bemerkte ich, dass ich blutete, dass ich Schürfungen im Gesicht und am Kopf davongetragen hatte. Auf der Krankenstation wurde ich untersucht. Zwei andere waren ebenfalls verletzt. Draußen in der Wüste sollten die Kampfhandlungen weitergehen, Verwundete geborgen werden. Ich durfte die Nacht im Lazarett verbringen. Glücklicherweise hatte ich keine ernsthaften Verletzungen, meine Wunden konnten mit Verbandsmaterial und gewöhnlichen Pflastern versorgt werden. Am nächsten Tag sollte es bereits weitergehen.

»Bist wieder mal davongekommen«, waren Allamak Khans Worte, denen ich eine Mischung aus Unmut, Hohn und Verachtung entnehmen konnte, als ich ihm verwundet in der Kaserne begegnete. »Hast wieder mal Glück gehabt. Aber das wird sich bald ändern, darauf kannst du Gift nehmen. Irgendwann kommst du dran.«

Alles oder nichts

Diesem Moment wollte ich gewiss nicht tatenlos entgegensehen. Als mich Allamak Khan eines Mittags grinsend anwies, ich solle meine Sachen in den Panzer packen, weil meine Einheit noch am selben Abend nach Paktia verschoben werde, zögerte ich nicht. Paktia war die Hölle, eines der schlimmsten Kriegsgebiete im Land, augenblicklich konnte ich den Hauch des Todes spüren, der mich mit Allamak Khans Ankündigung umgab.

Fest entschlossen marschierte ich zum Schlafsaal – aber nicht, um Allamak Khans Befehl Folge zu leisten, sondern um mir wieder meine Jeans unter die Militärkluft anzuziehen. Ohne mich noch einmal umzudrehen, verließ ich die Unterkunft in Richtung Hügel, wo sich die stinkenden Löcher befanden, die wir als Toilette benutzten. Ich hoffte, dort niemanden anzutreffen, denn hinter diesem Hügel, wo das Kasernenareal endete, begann das offene Gelände. Die Wüste mit ihren tiefen Gräben war meine einzige Chance, und ich wusste, dass ich mit einem weiteren missglückten Fluchtversuch mein eigenes Todesurteil besiegelte.

Hinter dem Hügel konnte man weit über das offene Feld sehen. Gefährlich war es nicht nur wegen des Weitblicks, sondern auch wegen der vielen Patrouillen, die hier kursierten. Trotzdem zögerte ich nicht und stieg in einen der Gräben hinab, dort wollte ich mich verstecken und erst einmal abwarten.

Nachdem ich mich versichert hatte, dass die Luft rein war, folgte ich dem Graben und entfernte mich auf diese Weise ein ganzes Stück von der Kaserne. Hin und wieder kletterte ich vorsichtig auf den Rand, um sicherzugehen, dass mir niemand auf den Fersen war, später änderte ich die Richtung und bewegte mich in einem Graben fort, der zwar parallel zur Kaserne verlief, aber von Kabul wegführte. Auf diese Weise konnte ich die Gefahr von Militärpatrouillen einschränken, da diese häufiger zwischen Kabul und der Kaserne auftauchten. Mein Ziel war es, irgendwann und irgendwo auf die Landstraße zu treffen, um per Anhalter die Stadt zu erreichen. Ich hätte auch zu Fuß gehen können. Weshalb ich es nicht tat, weiß der Himmel.

Nach einer guten Stunde hörte ich in der Ferne Motorengeräusche, die mit jedem Schritt lauter wurden. Vor mir lag die befahrene Straße, die jedoch auch rege von Lastwagen und Personenwagen des Militärs benutzt wurde. Ich musste achtsam sein, durfte mich nicht im falschen Moment zeigen, nicht auf das falsche Fahrzeug setzen. In einem Erdloch kauerte ich bis zur Abenddämmerung und verließ mich auf mein Bauchgefühl, zum richtigen Zeitpunkt aus meinem Versteck hervorzukriechen und am Straßenrand den Daumen hochzuhalten.

Ein Lastwagen näherte sich. Er war mit Pailletten bunt beklebt: pakistanische Verzierungen, Zeichnungen von Tieren, religiöse Symbole. Ich konnte mir also sicher sein, dass es sich weder um Militär noch um Kommunisten handelte. Kurz entschlossen sprang ich aus meiner Grube, stellte mich an den Straßenrand und winkte. Aber der Wagen fuhr vorbei. Wütend ballte ich die Hand zur Faust, fluchte vor mich hin, während ich den beiden

Rücklichtern nachschaute, und sah, dass der Laster auf einmal abbremste und schließlich stehen blieb. Einen Augenblick lang passierte gar nichts. Dann erschien ein Kopf auf der Beifahrerseite. Ein Arm. Der Arm winkte, und ich fing an zu rennen.

»Wo willst du hin?«, fragte der Mann.

»Nach Kabul«, sagte ich.

»So.«

»Bitte«, sagte ich. »Ich brauche Hilfe. Ich bin auf der Flucht.«

Der Beifahrer musterte mich skeptisch. »Und du bist auch kein Offizier in zivil?«

»Nur einfacher Soldat. Bitte nehmt mich mit. Wenn die mich kriegen, bin ich tot.«

Fahrer und Beifahrer sahen sich an. Nach einigen Sekunden willigten sie ein.

»Okay«, sagte der Beifahrer. »Steig ein. Du versteckst dich am besten im Frachtraum. Ganz hinten. Du hast doch keine Angst vor Kühen?«

»Nein«, sagte ich.

Ich stieg in den Anhänger. Zwängte mich zwischen fünf riesigen Milchkühen mit prallen Eutern hindurch nach hinten. Dort setzte ich mich auf die Planken und hielt mich am Gitter fest. Der Beifahrer schloss die Seitentür. Es wurde dunkel, nur durch einzelne Ritzen drang noch Licht. In Gedanken stieg ich aus meinem Körper und sah mich im Dunkeln zwischen all den

Kühen sitzen, was mir ein Grinsen entlockte. Ich war erleichtert, trotz der inneren Anspannung. Doch die Angst schnürte mir beinahe die Brust zu, als der Lastwagen kurz nach dem Start schon wieder anhielt. Der Distanz nach zu urteilen, musste es sich um einen Kontrollposten nahe der Kaserne handeln, dachte ich. Dass wir ohne viel Aufhebens weiterfahren konnten, verdankte ich wohl der Tatsache, dass die Wachen von den zahlreichen Kontrollen wussten, die der Lkw auf der Strecke bereits hinter sich gebracht hatte.

Der Weg in die Stadt war also frei. An einem Warenumschlagsplatz in der Nähe des Königspalastes ließen sie mich aussteigen. Vor lauter Glück umarmte ich die beiden Männer, ich empfand tiefe Dankbarkeit und wollte mich für ihre Hilfe irgendwie erkenntlich zeigen. Doch sie winkten ab.

»Wir wollen kein Geld dafür«, sagte der eine. »Wir sind alle Muslime. Wir können uns doch gegenseitig unterstützen. Allah sei mit dir.«

Nach einer herzlichen Verabschiedung rief ich mir ein Taxi und ließ mich zu unserer Wohnung fahren. Mein Bruder war nicht zu Hause. Ich legte mich hin und merkte, dass ich den Tränen nahe war. Die letzten Tage hatten mir zugesetzt, ich hatte mich verändert, alles hatte sich verändert, ich fühlte mich fremd in meinen eigenen vier Wänden. Ich sah Schatten und hörte Dinge, meine Wahrnehmung spielte mir Streiche, alles kam mir unnatürlich vor. Nimm dich in Acht, sagte ich mir, reiß dich zusammen. Du bist wieder auf der Flucht. Sie werden dich suchen.

Wenigstens hatte ich kein Problem, mein Handeln vor meinem Gewissen zu rechtfertigen. Allamak Khan hätte mich fertiggemacht, er hätte mich so lange ins Feld geschickt, bis ich nicht mehr zurückgekehrt wäre. Mir blieb gar keine andere Wahl, als das Land zu verlassen. Jetzt sowieso. Und lieber würde ich auf der Flucht sterben, als für ein kommunistisches Regime gegen mein eigenes Land kämpfen zu müssen.

Heute weiß ich, dass es vielen meiner Landsleute ähnlich ergangen war wie mir. Zum Beispiel Hadi, den ich im Militär kennengelernt hatte. Eines Tages war er von einem Kampfeinsatz nicht mehr zurückgekehrt. Man fand aber auch seine Leiche nicht, es fehlte jede Spur von ihm. Als ich Vater in den frühen Neunzigerjahren in Amerika besuchte, traf ich Hadi durch einen Zufall wieder. Er arbeitete in einer Bar. Nie hätte ich gedacht, dass er noch lebte oder dass ich ihn gar wiedersehen würde. Hadi hatte sich damals im Gefecht einfach versteckt und gewartet, bis seine Truppe abgezogen war. Dann ließ er sich von den Mudschahedin verhaften und kämpfte in Paktia ungefähr ein halbes Jahr lang auf der Seite der Rebellen, bis er sich im richtigen Moment absetzte und über Pakistan nach Amerika floh. Gewiss hatte er Glück gehabt und vielleicht auch das nötige

Kleingeld, um seinen Fluchtplan zu verwirklichen. Die weniger Glücklichen mussten viele Jahre in überfüllten Flüchtlingslagern im Iran oder in Pakistan verbringen, wo sie von Krankheiten heimgesucht wurden, Hunger litten oder die an der Tagesordnung stehende Gewalt zu spüren bekamen.

Ich war also wieder zu Hause, das Spiel konnte von Neuem beginnen. Mit Vater verabredete ich mich in der Wohnung meines Onkels im Mikrorayon, wo ich den beiden von meinen Erlebnissen berichtete. Kurz darauf rief ich Wais an. Nachdem wir uns kürzlich in der Nähe des Parks um Sekunden verpasst hatten, gab er sich nun nahezu amüsiert über mein Glück im Unglück, seine Ironie über das Geschehene konnte er nicht zurückhalten. Natürlich war mir klar, dass er in Wirklichkeit über alles genauso wenig lachen konnte wie ich.

Wais wollte für die darauffolgende Woche die Abreise organisieren. Es sollte alles beim Alten bleiben: Mittwochabend Treffpunkt bei ihm zu Hause, Übernachtung, einfache Kleidung, ein bisschen Geld. Donnerstagmorgen sollte dann mein Schlepper eintreffen und mich nach Dschalalabad mitnehmen. Bis dahin schwor ich mir, nichts mehr zu riskieren. Keine Spaziergänge, keine Kontakte in der Öffentlichkeit. Ich verbarrikadierte mich zu Hause, einzig meine Freundin Nasrin durfte mich noch besuchen. Jedes Mal brachte sie sich damit in Gefahr, sodass ich ständig in Angst war. Als – zum nunmehr dritten Mal – der Moment des Abschieds kam, wussten wir beide, dass es dieses Mal für immer sein würde. Es war ein seltsamer Augenblick. Irgendwie hoffte ich, dass die Trennung nun endgültig sein würde, andererseits wünschte ich mir, nie von ihr getrennt werden zu müssen.

Dann war es so weit, und ich begab mich ein zweites Mal in die gefährliche Nähe jener Station, wo Wais und ich uns damals um Sekunden verfehlt hatten. In jener Nacht bei Wais erfuhr ich vom Tod Ahmed Zahils. Man hatte ihn erschossen in seinem Auto aufgefunden. Die Nachricht erschütterte mich zutiefst. Die einen sagten, die Kommunisten hätten ihn ermordet, die anderen schrieben die Tat irgendwelchen Neidern zu. Natürlich hatte Ahmed Zahil bei seinen zahlreichen Auftritten nicht nur die Frauen in seinen Bann, sondern auch den Neid auf sich gezogen. Ich war vielleicht eine der letzten Personen gewesen, die mit ihm zusammen musiziert hatten.

Mein Schlepper Habib Djan, der morgens gegen fünf bei Wais auftauchte, war ebenfalls sehr einfach und unauffällig gekleidet. Man durfte ihm nicht ansehen, dass er eigentlich ein gebildeter Mann war und aus einer einflussreichen Familie stammte. In der Umgebung von Dschalalabad besaß er einige Häuser und organisierte Ausreisen für viele Menschen im Land.

Als er mir erklärte, dass wir mit dem öffentlichen Bus nach Dschalalabad reisen würden, war ich im ersten

Moment verwirrt. Auf keinen Fall wollte ich wieder durch die Kontrollen und an meiner Kaserne vorbei. Ich glaubte, dies nicht noch einmal durchzustehen, und war auch fest davon überzeugt, nicht noch einmal so viel Glück zu haben.

Es sei aber der einzige Weg, entgegnete Habib gelassen. Ich müsse nur mutig sein, dann würde mir nichts geschehen. Seine Zuversicht nahm mir ein wenig die Angst, schließlich wusste dieser Mann, wovon er sprach, hatte er doch zahlreiche Erfolge zu verzeichnen, und kein anderer als mein Freund Wais hatte ihn mir vermittelt. So begaben wir uns in einem Taxi zur Busstation, wo wir in einen kleinen Bus stiegen.

»Wende deinen Blick niemals von jemandem ab, der dich ansieht«, beschwor mich Habib. »Sei mutig und schau den Leuten in die Augen. Egal, ob Polizei, Militär oder einfache Mitreisende. Achte darauf, dass dein Blick immer ruhig und aufrichtig wirkt. Lass alles ganz normal aussehen. Wir befinden uns auf einer gewöhnlichen Busfahrt nach Dschalalabad. Wenn uns jemand anspricht, rede ich. Falls du angesprochen wirst, behaupte einfach, dass wir Geschäftsleute sind. Wir besitzen einen Laden in Dschalalabad und müssen immer wieder dorthin.«

Es klang alles sehr plausibel. Dennoch fühlte ich mich schrecklich, als der Bus sich in Bewegung setzte. Ich musste an all die Gefahren denken und redete mir ein, dass alles schiefgehen würde.

Wie vereinbart, unterhielten Habib und ich uns unbekümmert, als bei der ersten Kontrolle ein Soldat den Bus bestieg und willkürlich Ausweise verlangte. Doch mit jedem Kilometer, den wir uns der Kaserne näherten, wuchs meine Angst, und mir wurde ganz schwindlig, als der Bus beim zweiten Kontrollposten direkt vor der Kaserne anhielt.

»Wo geht es denn hin?«, wollte ein Soldat ausgerechnet von mir wissen. Doch ehe ich eine Antwort fand, erzählte Habib bereits von unserer Dienstreise. Er sprach so schnell und bestimmt, dass der Soldat keine Fragen mehr stellte und bald von uns abließ. Ich blickte starr geradeaus, saß wie versteinert, als der Bus seine Fahrt wieder aufnahm und die Kaserne passierte. Wenn jemand mein Gesicht hinter der Scheibe erkennt, ist alles aus, dachte ich. In Gedanken sah ich Allamak Khan bereits am Kasernentor auf mich warten. Erst als wir uns ein ganzes Stück von der Kaserne entfernt hatten, kehrte die Farbe in mein Gesicht zurück und ich konnte wieder normal atmen.

Wir waren durch.

Wo die Fische fliegen

Kabul und Dschalalabad trennen nur hundertfünfzig Kilometer, aber rund tausend Höhenmeter. Die Strecke über den kurvenreichen, abenteuerlichen Mahipar-Pass nahm daher einige Stunden in Anspruch. Die unzähligen Autowracks und Panzer tief unten in der Schlucht erzählten ihre Geschichte, so einiges war auf dieser wichtigen Passage schon passiert. Vielleicht heißt der Pass deswegen auch Mahipar, »wo die Fische fliegen«. Nichtsdestotrotz boten die imposanten Gipfel, Bergseen, Täler und Flüsse einen beeindruckenden Anblick.

Ich liebte Dschalalabad mit seinem nahezu subtropischen Klima und dem Duft nach Orangen, der im Herbst durch die Straßen zog. Selbst im Winter herrschten milde Temperaturen, während in Kabul das Thermometer weit unter den Gefrierpunkt sank. Viele wohlhabende Leute besaßen hier Zweitwohnungen oder Ferienhäuser, die sie am Wochenende oder im Urlaub bewohnten. Ich kannte die Stadt, weil ich früher mit meinen Freunden an manchen Wochenenden hierhergekommen war, um Musik zu machen, ausgelassen zu feiern oder einfach nur ein paar fröhliche Stunden zu verbringen. Eine dieser spontanen Autofahrten ist mir noch gut in Erinnerung, weil sie sich wegen einiger Pannen unendlich in die Länge gezogen hatte. Mein Freund

Zidik, mein Cousin Massud, zwei weitere Freunde und ich waren mit zwei Flaschen Brandy losgefahren in Zidiks uraltem Chevrolet. Wir sangen und spielten Tabla und Harmonium im Wagen, als plötzlich ein Reifen platzte. Es blieb aber nicht bei dem einen Reifen, insgesamt mussten wir sechsmal aussteigen, um den Wagenheber anzubringen, sodass uns die Strecke einen ganzen Tag kostete. Wir ließen uns von den Pannen aber nicht entmutigen und kamen irgendwann abends in Dschalalabad an – verrückt eigentlich, aber es hatte uns ungemein Spaß gemacht.

Einem dieser Freunde, er hieß auch Wais, lief ich 2006 in Washington überraschenderweise über den Weg. Ich rechnete nicht im Geringsten damit, dass ich überhaupt irgendjemanden aus dieser Zeit irgendwo wieder antreffen würde, die meisten hatte ich ja schon während meines kurzen Militärdienstes und meiner Flucht aus den Augen verloren. Damals in Washington wollte ich Vater besuchen, dem es nicht sonderlich gut ging – er litt an Altersschwäche und war krank. Ich hatte mich mit Ashraf verabredet, einem Tenniskumpel, mit dem ich während meiner Tenniszeit in Afghanistan viele Stunden verbracht hatte. Wir waren gemeinsam gereist, hatten zusammen trainiert und auch Doppel gespielt. Während Ashraf der bessere Techniker von uns beiden war, half mir meine Cleverness auf dem Court oft weiter. Nun schlenderten wir in Washington durch die Straßen und wollten in ein paar afghanischen Läden einkaufen, als mich in einem Gewürzladen beim Bezahlen plötzlich ein Mann ansprach, dessen Gesicht mir sehr bekannt vorkam.

»Bist du nicht Nadjib?«, fragte er.

Ich versuchte, mich zu erinnern, wusste aber nur, dass es sehr lange her sein musste. Und dann klärte er mich auf. Wir umarmten uns und mussten weinen vor Freude. Unsere Begegnung schien ein unglaublicher Zufall zu sein, zumal Wais nur an diesem einen Tag in Washington weilte, doch bekanntlich gibt es ja keine Zufälle. So verbrachten wir zu dritt den ganzen Tag, gingen essen, lachten und weinten, ließen die alten Zeiten noch einmal aufleben und fühlten uns in diesen Momenten einfach nur verbunden und glücklich.

Kontrollen auf dem Weg nach Dschalalabad gab es zwar, aber sie ließen unseren Bus ohne akribische Personenabfertigung passieren, sodass ich nichts zu befürchten hatte. Die Stadt selbst hatte sich zu meiner Enttäuschung komplett verändert. Das früher weltoffene, kulturell durchmischte, eher westlich geprägte Stadtbild war einem traditionellen paschtunischen Durcheinander gewichen: Rikschas, Esel, Fahrräder, Kühe, Händler, Fruchtstände, Autos ... Inmitten dieses heillosen Trubels und bei großer Hitze stiegen wir aus dem Bus und folgten zu Fuß irgendwelchen staubigen Straßen und engen Gassen, die Habib genau zu kennen schien. Immerhin fielen wir nicht auf. Das beruhigte mich.

Durch das Tor einer Autogarage gelangten wir auf einen Werkhof. In den Werkstätten wurde emsig gearbeitet, geschraubt, ausgebeult, gehämmert, gebohrt, geschliffen, gesägt. Ein ohrenbetäubender Lärm beherrschte den Hof, der von der Straße aus nicht zu hören war. Wie Habib mir erklärte, gab es genau an dieser Stelle in der Zeit der Seidenstraße eine Karawanenstation, die den Reisenden mit ihren Kamelen, Eseln oder Pferden eine Möglichkeit zur Rast und Übernachtung bot. Menschen und Tiere hatten sich hier verpflegt und ausgeruht für die Weiterreise. Habib führte mich zum Büro, das klein, schmutzig, düster und notdürftig eingerichtet war. Ich wurde einem Mann namens Kamal vorgestellt. Er sollte nun für alles Weitere verantwortlich sein. Ihm könne ich blind vertrauen, erklärte Habib. Mit Kamal stehe mir ein seriöser, langjähriger Geschäftspartner zur Seite. Ich erfuhr, dass von hier aus täglich Lastwagen über die Grenze nach Pakistan fuhren, die Mechaniker an Bord hatten – es waren allerdings keine echten, sondern ganz einfach Personen, die auf diese Weise illegal aus dem Land geschafft wurden. Auch ich sollte in zwei bis drei Tagen mitfahren können.

Kamal besorgte uns etwas zu essen, und nach dem Essen verabschiedete sich Habib von mir. »Mach dir keine Sorgen«, sagte er, »du wirst schon gut ankommen.« Kamal führte mich mit warnenden Worten in mein Versteck. Es sei sehr gefährlich hier in der Stadt, meinte er, und wenn ich nichts riskieren wolle, müsse ich mich an seine Worte halten und dürfe mein Versteck nur in Notfällen oder für den Toilettengang verlassen.

Etwas abseits, vom Werkhof erreichbar durch einen engen Durchgang zwischen zwei Gebäuden, lag ein weiterer Hinterhof. Auch dieser war von einer hohen Lehmmauer zu den Seiten hin geschützt. Ein Baum in der Nähe der Mauer warf seinen Schatten auf die staubige, ausgetrocknete Erde und schützte ebenso eine mit Brettern halb zugedeckte Grube vor der prallen Sonne. In der Grube standen ein Eimer mit Wasser und ein Bett aus Jute, eine einfache Pritsche, wie man sie in ärmeren Schichten Afghanistans nicht anders kannte. Auf der Pritsche lag eine Wolldecke.

Kamal ging wieder an die Arbeit. Ich stieg in die Grube. Erst jetzt bemerkte ich den Hund, der angekettet im Schatten des Baumes lag. Regungslos.

Der Hund

Kein Tag verging, da ich mich nicht mindestens einmal fragte, ob dieser Hund überhaupt noch lebte. Bis auf die Knochen abgemagert lag er da, angekettet am Baum, sein Fell zottelig und zerzaust, voller Dreck; nur wenn er sich regte, um dem langsam wandernden Schatten der Baumkrone zu folgen, sah ich, dass er noch nicht tot war.

Bereits seit einer Woche wartete ich in diesem staubigen Loch in einem Hinterhof, wie es ihn in dieser Stadt zu Hunderten gab. Trockene braune Erde, kaum Gras oder Pflanzen. Seit Wochen hatte man hier keinen Tropfen Regen mehr gesehen. Die Lehmmauer, die den Hof umgab, war an einigen Stellen zerbröckelt und nachgebessert worden, hier und da trat rostiger Draht aus dem Lehm hervor.

Manchmal versuchte ich aus lauter Langeweile, den Hund aus seiner Reserve zu locken, ihn wenigstens so weit zu bringen, mir in die Augen zu blicken. Dann klappte er sein linkes Augenlid hoch, ohne den Kopf zu heben, um gleich darauf wieder in den Tiefschlaf zu versinken. Was er wohl über mich dachte, fragte ich mich. Vielleicht ja dasselbe wie ich. Vielleicht fragte er sich ja, was dieser arme Kerl bloß hier machte, so allein und verlassen in diesem Hof, Tag für Tag dieser trockenen, brütenden Hitze ausgeliefert.

Daran ändern konnte ich nichts. Ich musste warten, wie Kamal es mir befohlen hatte. Jeden Moment konnte es für mich weitergehen, das hatte er mir schon ein paar Mal versprochen, und doch steckte ich immer noch hier fest. »Morgen wird's losgehen, morgen werden sie dich abholen ...« Seither hatte ich mich kaum bewegt, ernährte mich von Reis und Wasser und übte mich in Geduld. Es war die reinste Nervenprobe. Im Gegensatz zu diesem Hund, den ich von Tag zu Tag mehr hasste, obwohl er mir nicht das Geringste angetan hatte und eigentlich nur dalag und schlief, machte ich kaum die Augen zu. Mein Rücken schmerzte. Sämtliche Glieder fühlten sich krumm und steif an, meine Muskeln waren verhärtet. Ich konnte in diesem verdammten Loch kaum gerade stehen, geschweige denn mich strecken. Seit Tagen hatte ich dieselben Kleider an. Ich stank zum Himmel, es schüttelte mich vor mir selbst. Meine Nerven lagen allmählich blank, am liebsten wäre ich davongelaufen, mehr und mehr formte sich der Gedanke, über die Mauer zu klettern und am Leben auf der Straße teilzunehmen. Ich hatte keine Lust mehr zu warten, schließlich befand ich mich in Dschalalabad. Auch wenn sich die Stadt verändert hatte, so fand da draußen doch ein Leben statt: Geschäfte, Menschen, Basare, duftende Gewürze, Tabak, feines Essen, Tee, saubere Kleider, Rasierschaum … Dschalalabad lag nahe der östlichen Grenze zu Pakistan und bot als wichtiger Knotenpunkt eine Fülle von Angeboten. Doch Fülle hin oder her, wenigstens wollte ich meine Grundbedürfnisse gedeckt haben.

Ich suchte Kamal in seinem Büro auf. Dass ich so kurz vor dem Ziel nicht alles aufs Spiel setzen sollte, war mir klar, aber ich hatte einfach keine Geduld mehr und wollte nicht auch noch den Verstand verlieren. Also klopfte ich an Kamals Tür. In der Werkstatt nebenan bearbeitete einer seiner Leute einen Kotflügel – die Ursache jenes metallenen Klopfgeräusches, das mich schon seit Tagen begleitete und sich in meinen Kopf gehämmert hatte. Wie konnte man bei diesem Lärm nur im Büro sitzen und arbeiten?

»Was tust du hier?«, fragte Kamal barsch und strafte mich mit strenger Miene. Ich kam ungelegen, das konnte ich sehen, vermutlich kamen alle seine Personenaufträge ungelegen, wenn sie ungeduldig wurden.

»Ich kann nicht länger in diesem Loch sitzen«, gab ich zur Antwort.

»Du musst aber.«

»Autos oder Menschen?«, fragte ich kritisch, mit einem Kopfnicken auf das Papier vor Kamals Nase deutend.

»Lass dich hier nicht blicken«, rief er verärgert. »Du musst dich verstecken. Es kann jederzeit weitergehen.«

»Das höre ich schon seit acht Tagen und sieben Nächten. Ich muss hier raus. Endlich wieder mal was Richtiges essen. Ich will Menschen sehen, reden, lachen, verstehst du? Ich habe Lust auf eine Cola.«

Kamal lehnte sich zurück. »Eigentlich hätte ich dir ein bisschen mehr Verstand zugetraut. Denk doch mal an das Risiko. Weißt du überhaupt, was hinter diesen Mauern geschieht?«

»Keine Ahnung. Verdammt, ich weiß nur, dass ich Kebab rieche, Stimmen höre. Da draußen findet das Leben statt. Ich will hier mal raus aus dem Loch. Mich unter die Leute mischen.«

Kamal sah mich an. Welche Gedanken er hinter seiner ernsten Fassade hütete, konnte ich nicht deuten. Wer versprach mir denn, dass er mich nicht hinters Licht führen wollte? Woher wollte ich wissen, dass er nicht nur auf das Militär wartete, weil sie ihm mehr bezahlten als ich? Menschen wie Kamal machten alles fürs Geld.

»Ich kann dir nur hier die nötige Sicherheit bieten«, sagte er. »Ich verstehe deine Situation, ich kann mir denken, wie es in dir aussieht. Ich habe auch all die anderen verstanden, die vor dir die Geduld verloren haben. Aber glaube mir: Eines Tages kommt für dich der Moment …« Er hielt inne und breitete mit einem sehnsüchtigen Blick in die Ferne seine Arme aus. »Eines Tages wirst auch du die Grenze zu Pakistan überschreiten. Und dann bist du der glücklichste Mensch unter dieser Sonne.«

Ich wusste nicht, ob dieser Gesichtsausdruck echt oder gespielt war, jedenfalls schlug sein Tonfall schnell wieder um. »Du kannst froh sein, dass du hier bist. Es sind jetzt nur noch wenige Schritte. Du kannst hier rausspazieren. Dann machst du alles kaputt. Wenn du der Polizei oder dem Militär in die Arme läufst, kenne ich dich nicht mehr. Dann war alles umsonst. Ich kann für dich außerhalb dieser Mauern nicht garantieren. Aber es ist deine Entscheidung.«

»Richtig«, sagte ich, von all dem unberührt. »Es ist meine Entscheidung.«

Ich verließ Kamals Büro und ging nicht zum Loch zurück, sondern zu dem großen Eingangstor, durch das Habib und ich einige Tage zuvor gekommen waren. Trotz Kamals Warnungen war ich fest entschlossen, den Werkhof für einen kurzen Spaziergang durch die Stadt zu verlassen. Ich musste raus, wollte irgendwo etwas Feines essen, freute mich auf das, was mich erwartete, und war gleichzeitig bis in die Haarspitzen angespannt.

Während ich mich auf den ersten paar Metern noch etwas vorsichtig und ängstlich verhielt – es kam mir vor, als lauerte hinter jeder Hausecke und jedem Marktstand jemand, der sich gleich auf mich stürzen würde –, so hatte mich das bunte Treiben auf der Straße schon bald in seinen Bann gezogen. Ich wollte mich gegen diese Anziehungskraft nicht wehren, wollte eintauchen mit all meinen Sinnen, wollte meinen Gedanken freien Lauf, meine Gefühle fließen lassen. Ich sagte mir: Wenn ich diesen kleinen Ausflug überstehe, ohne erkannt oder gefasst zu werden, dann kann ich hier genug Energie tanken, um die letzte Etappe nach Pakistan hinter mich zu bringen.

Wohin ich auch blickte, lockte die Versuchung. Hier ein Teelokal, dort eine Tabaksstube, ein Kleidermarkt, frisches Wasser aus den Bergen, bunte Stoffe, ein Kebabstand, und überall Düfte und flimmernde Hitze.

Inmitten des Geschehens wurde ich plötzlich von Hindus angesprochen. Sie wollten Gewürze und Tücher verkaufen und Schwarzgeld unter die Leute bringen. Überflutet von den vielen Reizen, vergaß ich beinahe meine Lage, wollte schon mit Marktschreiern über Preise feilschen, mit Passanten plaudern. Ich wollte Farben sehen, kühle Schatten suchen, den Händlern folgen, feine Düfte aufspüren ... Neben einem kleinen Lokal stehend, zog ich den Geruch von gebratenem Lammfleisch ein. Die Lust auf Kebab trieb mich dazu, nach dem bisschen Kleingeld zu kramen, das ich bei mir hatte. Ich bestellte mir an dem Stand einen Spieß, beneidete den Mann, der das Fleisch einlegte, obwohl er den ganzen Tag lang der doppelten Hitze ausgesetzt war und den rußigen Rauch des Grills einatmete. Aber verglichen mit Reis, Wasser und trocken Brot war das zarte Fleisch ein wahrer Gaumengenuss: Lamm, Fett, Knoblauch, Zwiebeln, Gewürze ... Und zum schmackhaften Fleisch eine frische Coca-Cola. Was wollte ich mehr?

Die Tische im Lokal waren fast alle besetzt. Hier traf man sich, um zu reden, um sich auszutauschen, hier ging es laut zu. Und wahrhaftig gab es in diesen Zeiten viel zu reden. Die politische Entwicklung im Land bot genügend Stoff für hitzige Debatten. Ich fand einen freien Platz und setzte mich mit meiner Cola, wenig später wurde mir mein Kebab an den Tisch gebracht. Mit jedem Bissen kehrte Energie in meinen Körper zurück. Und während ich das herrliche Lammfleisch genoss, beobachtete ich draußen neben dem Stand zwei Männer, die sich rege unterhielten. Ich aß weiter, behielt die beiden aber im Blick, weil sie mir einen verdächtigen Eindruck machten. Die beiden redeten, blickten sich dabei immer wieder um, spähten schließlich in das Innere des Lokals. Dann verschwand der eine und der andere trat ein. Ich hatte schon genug erlebt, so leicht entging mir kein suspekter Gesichtsausdruck oder auch nur annähernd verdächtiges Verhalten. Auf meine Sinne konnte ich mich verlassen. Ich tat, als hätte ich nichts bemerkt, und verspeiste weiterhin das köstliche Fleisch.

Militär? Kommunisten? Spione?

Eigenartig waren sie, diese Momente. Ich hätte lügen müssen, um zu leugnen, dass sie mich inzwischen fast schon reizten. Rasender Puls, die Sinne hellwach, alle Muskeln gespannt, Aufregung, vielleicht auch ein wenig Angst, ein leises Zittern, abenteuerliches Erleben, Fluchtinstinkt. Meinen Lammspieß hatte ich fast aufgegessen, als sich der Mann an einen Tisch ganz in meiner Nähe setzte. War er meinetwegen hier? Natürlich fiel meine hellere Hautfarbe auf. Waren sie mir gefolgt? Vorsichtig sein, schnell entscheiden, nicht zögern, die anderen überraschen, agieren statt reagieren. Rennen konnte ich wie der Wind. Aber wohin? Was, wenn da noch andere waren?

Unauffällig sah ich mich um. Zu meiner Rechten verlief ein Korridor. Die Tür an dessen Ende stand offen und führte vermutlich in einen Hinterhof. Die Lehmwände waren hier nicht sonderlich hoch, sie zu überspringen wäre ein Leichtes. Oder doch durch die Vordertür auf die Straße?

Auf meinem Teller lag noch ein kleiner Rest des feinen Kebabs, den wollte ich dem Wirt nicht schenken. Ich steckte ihn mir in den Mund, kaute, schluckte, wischte mir mit dem Handrücken über die Lippen. Unvermittelt sprang ich auf. Rannte auf den Tisch mit dem Mann zu. Stieß den Tisch um, nahm das verblüffte Gesicht des Mannes wahr, bevor ihm der Tisch entgegenfiel. Durch den schmalen Korridor eilte ich zum Hinterausgang. Agieren, nicht reagieren, sagte ich mir und gewann in den Sekunden seiner kurzen Überraschung einen kleinen Vorsprung. Im Hinterhof angelangt, schlug ich die Tür hinter mir zu. Zwei nackte Kinder spielten im Hof, sie zuckten erschrocken zusammen, als sie mich sahen. Die Mauern waren höher, als ich angenommen hatte. Von der einen Seite drang Straßenlärm an mein Ohr. Ich erblickte eine geschlossene Tür. Zu prüfen, ob sie sich öffnen ließ, hätte mich nur wertvolle Zeit gekostet, also entschied ich mich für die Mauer, die zur Straße ging. Ich setzte zum Sprung an und zog mich an ihr hoch. Von oben wagte ich einen Blick zurück – und sah, wie die beiden Männer, derjenige, den der Tisch unter sich begraben hatte und der andere von der Straße, ebenfalls in den Hof gestürmt kamen. Ich hatte also richtig gelegen, sie waren hinter mir her. Und wenn sie es nicht gewesen waren, dann waren sie es jetzt.

Über das Dach eines Marktstandes sprang ich auf die Straße. Dort drängelte ich mich durch die Menschenmenge hindurch. Einige schauten mich verblüfft an, andere wichen stumm aus. Aber ich wurde von niemandem aufgehalten. Schließlich stellt man sich einem rennenden Menschen nicht in den Weg, sagte ich mir. Nach ein paar Hundert Metern versteckte ich mich hinter einem Taxi und wartete ab. Alles schien im grünen Bereich zu sein, ich konnte nichts Verdächtiges entdecken. Ein Laden mit Stoffen und Tüchern fiel mir auf, ich ging hinein. Schuhe, Kleider, Hüte … Ich kaufte mir einen Kesh und einen beigen afghanischen Hut. Dann mischte ich mich wieder in das Geschehen auf der Straße. Ruhig und unauffällig machte ich mich auf den Rückweg zu Kamals Garage. Entschied mich dabei für einen Umweg, wollte auf Nummer sicher gehen, mich durch verschiedene Richtungsänderungen vergewissern, dass mir niemand mehr folgte. Kamal wollte ich von alldem nichts erzählen, ihm höchstens von dem guten Essen vorschwärmen.

In der Tat schien Kamal erleichtert zu sein, als er mich sah. »Und, hat's geschmeckt?«, fragte er, von seinen Papieren aufblickend. An seiner besorgten Miene war deutlich abzulesen, was er von meinem Ausflug hielt.

»Vorzüglich«, sagte ich nur und lag Minuten später wieder in meinem Loch.

Ich war komplett geschafft. Großes Glück hatte ich gehabt, die ganze Sache hätte auch schiefgehen können. Ob die Flucht aus dem Restaurant tatsächlich seine Berechtigung gehabt hatte, wusste ich nicht, darüber wollte ich auch nicht nachdenken. Ich versuchte nur zu schlafen. Vielleicht ging es ja am nächsten Tag endlich los, redete ich mir ein.

Dieser Hund ... Regungslos lag er auf seinem Platz.

Ein Funke Hoffnung

Hätte ich einen Berg besteigen müssen, so hätte ich wohl jetzt in der Talsohle gestanden. Alles hatte ich zurückgelassen, mir blieb nur noch die Erinnerung. Das Einzige, was ich noch besaß, waren meine Kleider und zweitausend Dollar in meiner Unterhose. Ich konnte nicht mehr zurück, und wie es weiterging, wusste ich nicht.

Ich musste an meine Familie denken, an alle, die ich in Kabul zurückgelassen hatte. Bestimmt würde Nasrin sich irgendwann wieder verlieben und mit jemand anderem eine Familie gründen. Irgendwann würde sie mich vergessen haben. Zu Hause in meinem Zimmer lag alles, was mir lieb und wichtig war in meinem Leben, meine Instrumente, meine Bücher, meine Musikkassetten, all die Fotos von meinen Reisen nach Russland und in andere Länder, die zahlreichen Pokale und Medaillen auf meinen Regalen ...

Mir war schwer ums Herz, Tränen stiegen mir in die Augen. Ob ich nun Pakistan erreichte und von dort aus weiterreiste oder ob ich in einem Flüchtlingslager im Iran landete, spielte für mich in dem Augenblick keine Rolle, in Bezug auf das, was ich zurückgelassen hatte, kam es auf dasselbe heraus. So dachte ich verzweifelt und fühlte mich leer und elend. Du darfst nicht aufgeben, beschwor ich mich, das Einzige, woran du festhalten sollst, ist die Hoffnung auf eine bessere Zukunft, auf eine aussichtsreichere Perspektive. Ich war dem Irrsinn des Militärs entkommen, ich hatte meinen Feind Allamak Khan besiegt. Das machte mir Mut, schenkte mir gar ein leises Gefühl des Triumphs. Sicherlich würde er mich in diesem Augenblick suchen, aber er würde mich nicht mehr finden. Nie mehr. Ich hatte mich aus seinen Fängen befreit. Doch zu welchem Preis?

Der Mann mit dem Milchauge

Mitten in der Nacht wurde ich geweckt. Eine Hand schüttelte mich, und eine Stimme flüsterte: »Nadjib, Nadjib, du musst aufstehen.«

Ich wusste im ersten Moment nicht, wo ich mich befand, und reagierte ziemlich schroff, doch dann erkannte ich im schwachen Licht einer Öllampe Kamals Gestalt.

»Los, Nadjib, du musst aufstehen. Es ist so weit.«

»Was ist so weit?«, brummte ich, immer noch schläfrig, mein Rücken inzwischen steif geworden von der Enge in diesem Loch.

»Du musst jemanden kennenlernen«, sagte Kamal. »Du fährst jetzt nach Pakistan.«

Ich stieg aus der Grube und griff als Erstes in meine Unterhose, um zu prüfen, ob das Geld noch da war.

Kamal brachte mich in sein Büro. Dort wartete im Halbdunkel ein Mann auf mich, und als ich ihn genauer ansah, erschrak ich. Der Mann stand vor Dreck, steckte in schmuddeligen Kleidern, fettige Haare hingen in Strähnen vom Kopf, in dem wie glasige Murmeln zwei Augen steckten – das eine milchig-weiß, das andere unnatürlich vergrößert. Sein Anblick erzeugte Gänsehaut. Kamal stellte uns vor.

»Nadjib, das ist Abbas. Abbas ... Nadjib.«

Die Verneigung fiel mir schwer.

»Abbas ist deinetwegen hier.«

»Wieso meinetwegen?« Mir missfiel der Gedanke, mit dieser unangenehmen Person weiterreisen zu müssen, deshalb meine gespielte Ungläubigkeit.

»Er wird dich nach Pakistan mitnehmen. Sobald es hell wird.«

»Und wie?«, fragte ich. »Unter einer Lastwagenplane?«

»Nein. Ihr geht ganz offiziell über die Grenze.«

»Mit dem Auto?«

»Mit dem Linienbus.«

»Machst du Witze?« Nun war mein Unverständnis ernst gemeint. »So war das nicht vereinbart. Ich habe viel Geld bezahlt für diese Reise. Und nun soll ich mich einfach in einen Linienbus setzen? Ihr habt mir versprochen, dass ich unbemerkt aus dem Land gebracht werde.«

Kamal erklärte mir, dass seine Fahrzeuge aufgrund irgendwelcher Kampfhandlungen unterwegs feststecken würden und es Tage dauern könne, bis sie wieder hier seien. Und da ich schon so lange warte und allmählich ungeduldig werde, sei dies meine Chance, sofort zu gehen. Er kenne Abbas gut. Abbas komme immer mal wieder zu ihm und nehme jemanden nach Pakistan mit. Aber selbstverständlich könne ich auch weiter warten.

Die Vorstellung, erneut durch Kontrollen geschleust zu werden und einen gewöhnlichen Grenzübergang zu passieren, war mir zuwider, aufgeregt äußerte ich meine Bedenken, glaubte nicht an einen Erfolg. Doch Kamal meinte, Abbas mache das sehr gut und habe große Erfahrung darin.

»Sei unbesorgt«, schaltete sich der Mann mit dem Milchauge ein, und ich musterte sein ungepflegtes Erscheinungsbild noch einmal eingehend. »Ich weiß schon, was ich tue. Das ist reine Routine für mich. Du spazierst über die Grenze, als würdest du in die Ferien verreisen.«

Kamal klopfte mir auf die Schulter. »Komm, trink eine Tasse Tee mit uns.« Er setzte sich auf den Boden und lud mich mit einer Handbewegung dazu ein, dasselbe zu tun. Zweifel plagten mich, etliche Fragen schwirrten mir durch den Kopf. Konnte ich ihnen überhaupt vertrauen? War das mit den Lastwagen vielleicht nur ein Trick? Wo kamen diese Fahrzeuge überhaupt her? Ich schaute mir Abbas wieder an. Er sah aus wie ein Betrüger. Hin- und hergerissen grübelte ich, was ich tun sollte, und sagte schließlich zu, weil ich nicht länger in dem engen Erdloch der Dinge harren wollte.

Kamal war sichtlich erfreut. »Das ist eine vernünftige Entscheidung«, sagte er. »Du wirst es nicht bereuen.« Ich solle versuchen, noch etwas zu schlafen, meinte er. Es war zwei Uhr nachts, in drei oder vier Stunden würde er mich wecken kommen.

Gegen sechs Uhr – ich hatte in der Zwischenzeit kein Auge zugetan – holte Kamal mich in sein Büro, wo neue Kleidung für mich bereitlag. Ich zog mich um und sah nun aus wie ein afghanischer Lastwagenfahrer. Als ein solcher solle ich mich auch ausgeben, wies Abbas mich an. Weil mein Laster in Peschawar auf der Strecke geblieben sei, hätte ich in Dschalalabad nach einem Mechaniker gesucht, den ich in Abbas' Person gefunden hätte. Mir erschien diese Taktik etwas simpel, aber als ich die Kleider anhatte und mit Öl verschmiert war, fand ich, dass das Ganze doch irgendwie originell wirkte.

Ein letztes Mal ging ich in den Hinterhof zurück, wollte einen Augenblick allein sein. Die Sonne hatte den Tag bereits eingeläutet, ein reges Vogelgezwitscher war zu hören, es duftete nach Orangen. Wieder wurden Erinnerungen wach an die unzähligen Wochenenden, die ich in Dschalalabad mit Freunden verbracht hatte. Alles kam mir vertraut vor, und das stimmte mich für mein Vorhaben optimistisch. Noch immer lag der Hund regungslos im Hof, eines der letzten Bilder, die ich wahrnahm, bevor ich zu Abbas und Kamal zurückkehrte.

»Ich bin erst zufrieden, wenn ich deine Unterschrift aus Peschawar erhalten habe«, versicherte mir Kamal, bevor das schwere Eisentor hinter uns ins Schloss fiel und Abbas und ich in Richtung Stadtmitte losmarschierten. Schon nach kurzer Zeit durch die noch ruhigen Straßen erreichten wir einen Parkplatz, wo zahlreiche Kleinbusse standen und Chauffeure immer wieder ihr jeweiliges Fahrtziel riefen.

Peschawar! Turkham! Peschawar ...

Abbas wählte einen kleineren, günstigen Lieferwagen

aus, dessen Aussehen ein wenig an ein Militärauto erinnerte. Auf der mit einer grünen Plane überspannten Ladefläche saßen bereits zehn Personen.

Nach Turkham war es nicht weit, vielleicht fünfzig Kilometer, die Straße dafür in sehr schlechtem Zustand, weil der Asphalt durch Kriegshandlungen zerstört worden war. Der Blick auf die vorbeiziehenden grünen Felder, auf denen Kühe weideten, und auf duftende Orangenbäume entschädigte für die holprige Fahrt.

Die erste Militärkontrolle erreichten wir bereits nach einer halben Stunde Fahrtzeit. Ein junger Soldat und ein Offizier bestiegen die Ladefläche und nahmen jeden von uns genau in Augenschein.

»Wohin fährst du? Was machst du hier?«, fragten sie mich. Ich wollte antworten, doch Abbas kam mir zuvor. Er sprach in reinem Paschtunisch, was für diese Gegend nahe der pakistanischen Grenze typisch war und was mir natürlich nie gelungen wäre. So begrub Abbas den Offizier unter einem Redeschwall und tischte ihm unsere zuvor vereinbarte Mechanikergeschichte auf. Dem Offizier genügte die Antwort, die beiden Militärs zogen wieder ab und ich staunte, wie Abbas es in so kurzer Zeit geschafft hatte, sie mit seinen Worten zu überzeugen.

Die nächste Kontrolle nach einer weiteren halben Stunde verlief nicht mehr so reibungslos. Die Tür wurde aufgerissen, und jemand schrie, wir sollten von der Ladefläche steigen. Wir mussten uns am Straßenrand in einer

Linie aufstellen. Mir stockte der Atem. Der Offizier war groß und kräftig und schien jenem Menschenschlag anzugehören, die es auskosteten, das Schicksal anderer in der Hand zu haben.

Schon forderte er den Ersten von uns auf, seine Papiere zu zeigen. Ich fragte mich, wie er wohl reagieren würde, wenn ich an der Reihe war und ihm sagte, dass ich keine Papiere hätte. Gewiss gab es zahlreiche Personen, die in dieser Zeit des administrativen Durcheinanders ohne Papiere reisten oder gefälschte Dokumente bei sich trugen, aber das nahm mir nicht die Angst. Als der Mann nicht gleich seinen Ausweis zückte, wurde er heftig gestoßen, und als er fragte, weshalb er gestoßen wurde, schlug ihm der Offizier den Kolben seiner Kalaschnikow auf die Schulter. Schreiend vor Schmerz ging der andere in die Knie.

»Stell dich sofort wieder hin!«, fuhr der Offizier ihn an. »Ich bin es, der hier die Fragen stellt. Du hast hier gar nichts zu bestellen.«

Natürlich trauten wir anderen kaum noch, uns zu bewegen. Einer nach dem anderen kam an die Reihe, und als der Offizier vor mir stand, setzte er nach einem anfänglich misstrauischen Blick ein hämisches Grinsen auf. Mein Aussehen schien ihm nicht zu passen, irgendwie wirkte ich wohl anders auf ihn als die anderen Fahrgäste.

In seinem reinen Paschtunisch wollte er wissen, woher ich komme, und ich antwortete, aus Kabul. Was ich hier mache und wohin ich wolle, waren seine nächsten Fragen. Ich sagte, mein Auto stehe in Peschawar. Es sei kaputt.

In diesem Moment fiel Abbas mir ins Wort. »Das ist richtig«, sagte er, »wir fahren gemeinsam nach Peschawar. Ich bin Mechaniker. Ich muss seinen Wagen reparieren. Damit er wieder arbeiten kann.«

Der Offizier sah Abbas an. Der Hauch eines Grinsens war zu erkennen, ehe er uns wortlos stehen ließ und sich dem Nächsten in der Reihe zuwandte. Es war merkwürdig. Ich konnte mich des Eindrucks nicht erwehren, dass die beiden sich kannten. Die Kontrolle wurde ohne weiteren Zwischenfall beendet, schließlich konnten wir weiterfahren. Von Abbas wollte ich später wissen, ob ich mit meiner Einschätzung richtig lag, ob zwischen ihm und dem Offizier irgendetwas abgesprochen war, doch Abbas verneinte. Ich wusste nicht, ob ich ihm glauben sollte und einfach wieder nur Glück gehabt hatte oder ob mich die Sache generell nichts angehen durfte. Jedenfalls trug Abbas' Gegenwart dazu bei, dass ich mich von Minute zu Minute sicherer fühlte.

Vielleicht half mir auch der Umstand, dass sich die Dinge bisher immer auf irgendeine Weise zum Guten gewendet hatten. Es war seltsam, mein Empfinden, kaum beschreibbar. Irgendwie hatte ich durch all die Erlebnisse der letzten Monate zu einem Urvertrauen gefunden, einem Es-wird-schon-gut-gehen-Gefühl. Ich fragte Abbas nach jener Kontrolle, was er getan hätte, wenn mich der

Offizier nicht durchgelassen hätte, und Abbas' Antwort war ebenso knapp wie unverblümt. Er hätte seine Reise einfach fortgesetzt, erwiderte er. Doch selbst diese Worte vermochten mich nicht aus der Ruhe zu bringen.

Niemandsland

Turkham, der kleine Grenzort, den wir nach weiteren anderthalb Stunden Fahrt erreichten, schien das letzte Hindernis auf meinem Weg zu sein. Nur eine einzige Straße, die von ein paar Restaurants, Kebabständen und Teestuben gesäumt war, führte durch das winzige Dorf, in dem es kaum Wohnhäuser gab, nur Geschäfte und ein großes Zollgebäude für das Militär und die Zollbeamten. Dahinter lag Pakistan, die Straße führte direkt in die Freiheit. Eine lange Warteschlange von Autos trennte uns noch von der Landesgrenze. Die Fahrt sollte hier enden, wir mussten alle aussteigen und zu Fuß die Grenze passieren.

Diese Vorstellung ließ mich nun doch wieder etwas nervös werden. Nach dem, was sich bei unserer letzten Kontrolle abgespielt hatte, fragte ich mich, wie hier an der Grenze wohl inspiziert wurde. Würde mir Abbas erneut zur Seite stehen müssen?

Hauptsächlich Leute aus der Region – vorwiegend Paschtunen – überquerten in Turkham die Grenze. Als würden sie von einem Garten zum nächsten schreiten. Sie trugen kaum Gepäck bei sich und wurden kaum kontrolliert. Ausländer oder Landsleute aus ferneren Teilen des Landes, wie zum Beispiel Geschäftsleute aus Kabul oder Reisende wie ich, bildeten den kleineren Teil der Passanten. Mein Gesichtsausdruck schien Besorgnis zu verraten, während ich dem Geschehen am Grenzübergang zuschaute, denn Abbas meinte, für uns sei es noch zu früh. »Lass uns ein wenig abwarten und einen Tee trinken gehen.«

Wir betraten eines der Lokale und bestellten uns einen für diese Region typischen Chai-Tee aus Pakistan. Er wurde stark mit Milch gekocht und schmeckte vorzüglich. Vielleicht war dies Abbas' Absicht gewesen, vielleicht wollte er mit dem Tee etwas zu meiner Beruhigung beitragen, vielleicht hatte der Besuch des Restaurants auch andere Gründe, ich weiß es nicht. Als unsere Tassen leer waren, schob er sich seinen Kautabak zwischen die Zähne und meinte, es könne losgehen, ich solle einfach locker sein, ich solle mich so fühlen, als würden wir in die Ferien verreisen. »Wir reden einfach miteinander«, sagte er. »Oder meinetwegen summ eine Melodie. Hauptsache, du bleibst ganz locker. Schließlich bist du kein Flüchtling.«

Die erste Barriere bestand aus einer Kette. Dahinter saßen ungefähr zwanzig Beamte und Militärs in einer

Reihe. Sie schienen es sich bequem gemacht zu haben, tranken Tee und riefen hin und wieder einen der Passanten zu sich, um ihn nach den Papieren zu fragen. Von uns wollte niemand etwas wissen. So ließen wir die Kette hinter uns und nahmen eine ungefähr fünfzig Meter lange Strecke durch Niemandsland unter die Füße, die den afghanischen Zoll vom pakistanischen trennte.

Wir marschierten zügig los, blieben jedoch locker, Abbas verwickelte mich in ein belangloses Gespräch, um mich abzulenken. Entlang dieses Weges saßen Zollbeamte, bewaffnete Militärs und Zivilpersonen hinter Tischen, die Zivilisten vermutlich ebenfalls Beamte, die verdeckt arbeiteten. Auf der ersten Streckenhälfte passierte gar nichts, jedoch spürte ich jeden einzelnen Blick, der uns folgte. Mir war bewusst, dass uns jederzeit jemand auffordern konnte, stehen zu bleiben. Wir marschierten und redeten und redeten und marschierten, und ich hatte schon das Ende der Strecke im Auge und bereits alle Kontrolleure passiert, als hinter uns eine Stimme ertönte. Ich wusste, ohne mich umzudrehen, wem sie gehörte. Mir war der junge Beamte beim Vorbeigehen nicht entgangen, der junge Mann in zivil, der uns genau im Visier hatte, der jeden unserer Schritte beobachtet und nur auf die richtige Gelegenheit gewartet hatte, uns anzusprechen.

»He, ihr Mechaniker!«, rief er, »kommt mal her.«

Mir klopfte das Herz bis zum Hals. Ich drehte mich nur zögerlich um.

»Ja, genau, dich meine ich!« Das darf nicht wahr sein, dachte ich. So nahe vor dem Ziel …

»Wo willst du hin?«, fragte er in reinem Paschtunisch. Ich antwortete auf Dari, weil ich mit diesem Dialekt vertraut war. Ich erzählte ihm die Geschichte mit der Panne in Peschawar und der geplanten Reparatur durch Abbas. »Er soll meinen Lastwagen wieder in Gang bringen«, sagte ich und drehte mich zu Abbas um, der aber plötzlich nicht mehr hinter mir stand. Und er war auch nirgends auszumachen, wie ich feststellte. Ehe ich überhaupt daran denken konnte, was mit Abbas geschehen war, sah ich mich bereits mit der nächsten Frage konfrontiert.

»Wo kommst du her?«

»Aus Kabul«, antwortete ich.

Er wollte sich damit nicht zufrieden geben. Ich nannte ihm eine Adresse, die mir gerade einfiel, weil ich nicht bekannt geben wollte, wo ich wirklich gewohnt hatte. Ich wusste ja nicht, wer der Mann war, er sollte auf keinen Fall Verdacht schöpfen. Aber auch die Adressangabe genügte ihm nicht.

In welchem Stadtteil sich das befände, hakte er nach und stellte mir noch weitere Fragen, um herauszufinden, ob ich die Wahrheit sagte. Er glaubte mir nicht, das konnte ich sehen. Und Abbas war weg.

Dann wandte er sich an seinen Nachbarn, tauschte sich leise mit ihm aus, ohne den Blick von mir zu lassen. Ich wusste nicht, was ich tun sollte, erwog schon, einfach loszurennen, als sich plötzlich ein Offizier einmischte, der in der Reihe weiter vorne saß.

»Der Mechaniker kann gehen«, sagte er in bestimmtem Ton, und in dem Moment erblickte ich Abbas, der neben dem Offizier stand. Mein Weggefährte hatte sich also doch nicht aus dem Staub gemacht, hatte bloß wieder seine Beziehungen spielen lassen. Dem jungen Zivilisten passte das aber nicht. Ihm wurde klar, dass hier nicht alles mit rechten Dingen zuging. Deshalb wollte Abbas keine Zeit verlieren, war sofort zu mir aufgerückt und drängte mich zum Weitergehen.

»Lauf schon«, sagte er. »Geh, geh …«

Da begriff ich, dass Abbas alles arrangiert hatte. Er kannte die wichtigsten Leute und hatte sie bestochen. Wenn vielleicht auch nicht alle mitspielten, so konnte er sich doch auf den einen oder anderen verlassen, der froh war um eine kleine Aufbesserung seines Tageseinkommens. Ohne Bestechung hätte Abbas nie so einfach mit mir über die Grenze spazieren können.

Vor uns lag noch der pakistanische Zoll. Ich drehte mich nicht mehr um, weil ich nicht noch zusätzlich Misstrauen wecken wollte. Afghanistan war Vergangenheit, dies waren meine letzten Schritte auf afghanischem Boden, dachte ich, und ich versuchte etwas zu empfinden, doch ich wusste nicht, ob ich in diesem Moment überhaupt etwas zu fühlen imstande war, und während wir uns dem pakistanischen Zollgebäude näherten, versank ich in einer emotionalen Leere, aus der mich Abbas wieder zurückholte.

»Pass auf«, sagte er und sah mich mit seinem Milchauge schräg von der Seite an. »Du hast es noch nicht geschafft. Ich muss dich noch durch die pakistanischen Kontrollen lotsen. Die nehmen es sehr genau. Du hast keine Papiere. Wenn sie dich ertappen, landest du einfach in Pakistan im Gefängnis. Verhalte dich unauffällig und beruhige dich. Hast du verstanden?«

Ich nickte. »Ist in Ordnung«, sagte ich und holte tief Luft. Vielleicht hatte Abbas ja noch ein Ass im Ärmel.

Nur unweit des Zolls befand sich an der Wand eines Gebäudes eine Trinkstelle, wo wir uns hinsetzten und einen Schluck Wasser zu uns nahmen. Abbas wollte abwarten und das Geschehen am pakistanischen Zoll beobachten. Auch hier versperrte eine Kette den Durchgang. Hinter der Kette standen Militärs in kleineren Gruppen, die das Gepäck oder die Waren von Einreisenden untersuchten. Das beeindruckende Aufgebot ließ meine Wehmut erneut in Nervosität umschlagen.

Abbas wollte warten. Er wartete, bis sich wieder eine größere Zahl Personen näherte, die das Niemandsland durchschritt, dann stand er auf und sah mich an.

»Jetzt«, sagte er.

Und wir marschierten los und mischten uns unter die Leute.

Über den Dächern Peschawars

So weit hatte ich es geschafft. Als ich die Grenze überschritt, wich die tonnenschwere Last, die bis eben noch auf meinen Schultern gelegen hatte, einer inneren Leere.

Auf der anderen Seite des Zolls sah es nicht anders aus als in dem afghanischen Grenzort Turkham – ein paar wenige Gebäude und Handelsstände entlang einer staubigen Straße, dafür umso mehr Menschen – Reisende, Militärs, Beamte, Händler, die Früchte, Wasser oder Gewürze anboten. Die Hitze flimmerte über den Dächern, meine Kleider klebten mir am Körper.

Für die Reise nach Peschawar suchten wir auf dem Parkplatz, wo die Busse und Lastwagen standen, nach einer günstigen Mitfahrgelegenheit. Wir fanden diese mit einem Dutzend anderer Gäste auf dem Dach eines überfüllten Busses. So reiste man eben in Pakistan. Später waren wir froh um diese luftige Angelegenheit, denn bereits kurz nach der Grenze führte die Straße durch gebirgiges Gebiet über den bekannten Chaiber-Pass hinunter ins Tal, wo die Trockenheit in ein feuchtwarmes Klima umschlug. Meine Angst war verflogen. Etliche mit Reisenden überfüllte Fahrzeuge schlängelten sich die Passstraße hinab. Die Straßenkontrollen würden angesichts dieser Zahl vermutlich nachlässig sein. Und tatsächlich nahmen die Militärs denn auch kaum Notiz von Abbas und mir.

Bis nach Peschawar sollten es einige Stunden Fahrt sein. Neben Hunger- und Durstattacken plagte mich vor allem die Ungewissheit, wie es in Peschawar weitergehen sollte. Ein Pakistani namens Khan Saheb – besagter Privattennislehrer von Omar Seraj in Kabul – hatte mir vor einiger Zeit eine Telefonnummer zugesteckt, die mir in Peschawar weiterhelfen sollte. Es war die Nummer eines gewissen Deldjan Khan – pakistanischer Botschaftsmitarbeiter in Kabul und Freund meines Vaters. Ich hatte früher ein paar Mal Tennis mit ihm gespielt und kannte ihn daher flüchtig. Er arbeitete als Verantwortlicher für die Gebietsgrenze um Peschawar, trug den Titel Border General der Nordwestlichen Grenzprovinz. Khan Saheb meinte, sobald ich einmal in Peschawar sei, müsse ich Deldjan Khan unbedingt besuchen. Er könne mir gewiss helfen. Und sollte ich ihn telefonisch nicht erreichen, würde ich ihn abends nach acht sicherlich im Tennisclub von Peschawar finden. So hatte ich doch immerhin einen Anhaltspunkt in der fremden Stadt. Viele Gedanken gingen mir so unterwegs durch den Kopf. Bedrückt dachte ich daran, dass meine Eltern mit mir damals, als ich vier Monate alt war, auf derselben Strecke, die ich nun zur Flucht benutzte, nach Afghanistan eingereist waren.

Gegen zwei Uhr nachmittags kamen wir in Peschawar an. Die hohe Luftfeuchtigkeit machte die Hitze unerträglich. Nirgends gab es eine Möglichkeit, sich abzukühlen. Abbas schlug vor, ein Restaurant aufzusuchen.

Aber auch dort stand die Luft. Dazu war das Essen teuflisch scharf, ich bestellte mir mehrere eisgekühlte Colas, um mich wenigstens etwas zu erfrischen. Dann erklärte mir Abbas, dass sein Auftrag nun erfüllt sei. Dass ich durch ein paar Zeilen und meine Unterschrift bestätigen solle, heil in Peschawar angekommen und gesund und wohlauf zu sein. So könne Kamal wie vereinbart das restliche Auftragsgeld kassieren. Ich versah das Papier mit Datum und Unterschrift und bedankte mich bei Abbas so herzlich, wie sein Aussehen und mein Wohlbefinden es mir möglich machten. Ich sah ihn nie wieder.

Von jetzt an war ich auf mich allein gestellt. Als ich das Lokal verließ und auf die belebte Straße trat, wurde mir schwindlig. Das feuchte Klima, die Hitze, das Gewimmel auf den Straßen und der Gestank in der Luft machten mir zu schaffen. Hinzu kam die Erschöpfung. Ich war dreckig, seit Tagen hatte ich mich nicht waschen können. Der Nachmittag war schon fortgeschritten, und so entschied ich mich, Deldjan Khan erst am nächsten Tag aufzusuchen. Erst einmal wollte ich duschen und mich ausruhen. Ein Hotelzimmer wird sich schon finden lassen, dachte ich. Ungepflegt und ohne Papiere durfte ich hinsichtlich Qualität wohl keine großen Ansprüche stellen. Eine billige Absteige musste genügen.

In einem lebendigen Stadtviertel mit zahlreichen Geschäften und Lokalen fand ich eine günstige, bescheiden aussehende Unterkunft für einen Kalder die Nacht.

Es gab keine Rezeption, nur einen Tisch im Korridor, an dem eine Frau saß. Zimmer seien keine mehr frei, sagte sie, aber auf dem Dach könne sie mir noch ein Bett anbieten. Befremdet von dieser Vorstellung zog ich wieder ab, um etwas anderes zu suchen. Doch alle anderen Hotels in der Umgebung waren entweder ausgebucht oder zu teuer. So entschied ich mich letztlich doch für die Schlafstelle unter freiem Himmel. Inzwischen stellte ich mir die Übernachtung ganz angenehm vor, dies sollte sich jedoch als Irrtum erweisen.

Weil ich todmüde war, legte ich mich sofort hin, doch auf dem Dach eines Hotels mitten in der Stadt war an Schlaf nicht zu denken. Der Straßenlärm, die feuchte Hitze und immer wieder neu ankommende Gäste ließen mich nicht zur Ruhe kommen. Gegen Mitternacht war das Dach gestoßen voll. Immer wieder stand ich auf, um irgendwo einen kühlen Luftzug aufzuspüren, aber bei nächtlichen vierzig Grad blieb auch dies eine Illusion. Irgendwann versank ich in eine Art Halbschlaf, und ich konnte nicht mehr zwischen Gedanken- und Traumwelt unterscheiden.

Es war Winter in Kabul. Überall lag Schnee, dicke Flocken trieben durch die eiskalte Abendluft. Zu fünft in Zidiks klapprigem Chevrolet fuhren wir Richtung Jade Maiwand. Wir hatten getrunken und suchten in unserem leicht alkoholisierten Zustand die Begegnung mit einem der vielen Zuhälter, die in diesem Bezirk ihre Kunden anwarben. Vermummt und im Schutz der Dunkelheit traten sie aus den Gassen hervor. Die Prostitution war verboten, aber florierte. Man durfte keinen ehelosen Kontakt zu Frauen haben, und viele Männer vergnügten sich heimlich auch mit anderen Männern oder Knaben. Aber darüber redete niemand. Zidik parkte den Wagen irgendwo in einer Seitenstraße. Stumm warteten wir, bis etwas geschah. Als jemand an die Scheibe klopfte, rückten meine Kameraden auf dem Rücksitz eng zusammen. Der Mann, der einstieg, streifte sich die Kapuze vom Kopf und wollte sofort mit uns ins Geschäft kommen. Er habe junge Mädchen, pries er seine Frauen an wie ein Händler reife Früchte. Zidik fragte, wo. Nicht hier und auch nicht in unmittelbarer Nähe, gab er zur Antwort und zeigte mit der Hand in eine Richtung. Zidik startete den Wagen. Im dichten Schneegestöber rutschten wir auf Sommerreifen über die verschneiten Straßen und folgten den Anweisungen des Zuhälters, doch je länger wir unterwegs waren, desto mysteriöser erschien uns die Sache. Als wir in östlicher Richtung die Stadt verließen, bekamen wir Angst. Aber wer wollte schon zugeben, dass er am liebsten umgekehrt wäre? Irgendwo im Nirgendwo waren wir offenbar am Ziel und stiegen aus. Ganz in der Nähe zeichneten sich die Umrisse einer alten Festung ab. Der Zuhälter stapfte los, wir folgten ihm, bis zu den Knien versanken wir im Schnee. Ich fröstelte. Mit einem Hammer schlug der Zuhälter an das verschlossene

Eingangstor. Wir tauschten Blicke, stumm, fragend. Ein Mann mit Turban öffnete. Sie flüsterten, der Zuhälter stand mit dem Rücken zu uns. Seltsame Geräusche, eine Art metallenes Klicken, drang durch das halb offene Tor. »Abhauen«, sagte ich, »lasst uns abhauen.« Und wir drehten uns um und rannten durch den tiefen Schnee zum Auto zurück, ohne noch einmal einen Blick zurückzuwerfen.

Früh war ich wieder wach, der Schweiß rann mir über Gesicht, Nacken und Rücken. Ein merkwürdiges Gestöhne hatte mich geweckt, und als ich die Augen öffnete, erblickte ich zwei dicke, halbnackte Männer, die Sumoringern ähnlich sahen. Für Geld boten sie Massagen an, wovon ein paar Gäste Gebrauch machten. Unter knetenden, hackenden und stoßenden Händen wurde kräftig gestöhnt und geschrien. Schleunigst machte ich mich daran, das Hotel zu verlassen.

In einem Frühstückslokal bestellte ich mir Chai-Tee mit Parata – eine fettige Morgenspezialität, die herrlich süß schmeckte. Die anschließende Suche nach einem öffentlichen Telefon erwies sich dann als schwierig. So musste ich einen Ladenbesitzer finden, der sich trotz meines ungepflegten Erscheinungsbildes bereiterklärte, mich telefonieren zu lassen. Erst mit einem Geldschein in der Hand und bettelnden Worten klappte es dann. Ich wählte die Nummer von Deldjan Khan und hatte jemanden aus seinem Büro am Apparat, doch mit ihm selbst wollte man mich nicht verbinden. Mehrmals versuchte ich, ihn zu erreichen, doch jedes Mal wurde ich abgewiesen. Mir blieb nichts anderes übrig, als ihn im Tennisclub von Peschawar aufzusuchen – was bedeutete, dass ich bis zum Abend die Zeit totschlagen musste, der Tag hatte ja gerade erst begonnen. Viel unternehmen konnte ich nicht, denn ich hatte ja keine Papiere und wollte kein Aufsehen erregen. Planlos lief ich also durch die Straßen und versuchte, durch Besuche in Restaurants und Geschäften der Hitze zu entkommen und mich auszuruhen.

Auf der anderen Seite der Mauer

Am Abend sollte mich eine Kutsche zum Tennisclub bringen. So kam ich doch gewissermaßen in den Genuss einer kleinen Stadtrundfahrt. Die Luft schien etwas aufzufrischen, als wir die staubigen und stickigen Straßen der Innenstadt hinter uns ließen und uns einem nobleren Quartier näherten. Vor einem großen, hölzernen Tor hielt der Kutscher an. Ich bezahlte und stieg aus. Eine hohe Mauer friedete das Clubanwesen ein, grenzte das Paradies vom Rest der Stadt ab. Während das Kutschergespann wieder kehrtmachte, wagte ich durch das halb offene Tor einen Blick hinter die Mauer – und sah, was zu sehen ich schon erwartet hatte: eine von Palmen gesäumte Einfahrt, gepflegte Grünflächen und Bepflanzungen, wunderschön angelegte Tennisplätze, vor dem Clubgebäude die Luxuskarossen der Mitglieder, wartende Bedienstete. Hier an dieser Mauer stießen zwei Welten aufeinander. Ich dachte an meine Reise nach Indien, als ich mit dem afghanischen Nationalteam in Delhi zu Gast war. Im feudalsten Hotel waren wir untergebracht, während uns auf dem Weg zum Tennisclub Mütter und Kinder begegneten, die in dreckigen, zerrissenen Kleidern um ein paar Reiskörner bettelten. Ich hatte damals nur den Sport im Kopf und für solches Leid nicht viel übrig. Nun stand ich auf der anderen Seite der Mauer und überlegte, wie ich es wohl am besten anstellte, in meiner Aufmachung bei der Wohlstandsgesellschaft möglichst wenig Ekel zu erregen.

Die Anlage wurde von Militär überwacht. Ich ging durch das Tor und auf einen der Soldaten zu, der mir mit großen Schritten und grimmigem Gesicht entgegenkam, als er mich sah.

»Was tust du hier? Hau ab!«, schrie er. »Du hast hier nichts verloren!«

»Nein, bitte …«

»Verschwinde!«

»Ich möchte zu Deldjan Khan. Er erwartet mich.«

»Das kommt überhaupt nicht infrage.«

Zwei weitere Soldaten, die herbeieilten, waren ebenfalls verärgert: »Hau sofort ab! Sonst verhaften wir dich.«

»Was ist hier los?« Ein Offizier, der den Lärm offenbar

gehört hatte, glaubte zur Hilfe kommen zu müssen. Da stand ich also vor drei Militärs und übte mich in Rechtfertigungen. Ich sagte ihnen die Wahrheit: dass ich ein Flüchtling sei und Deldjan Khan aus der Zeit, als er noch in Kabul arbeitete, kennen würde. Ich beteuerte auch, dass ich afghanischer Tennismeister und ein Freund von Deldjan Khan sei.

»Das kann jeder behaupten.«

»Es ist aber die Wahrheit. Wenn er erfährt, dass ich hier war und nicht reingelassen wurde, wird er sehr enttäuscht sein.«

Der Offizier lachte.

»Gut«, sagte er nach einer kurzen Denkpause, die mich hoffen ließ, dass doch noch nicht alles verloren war, »der General ist heute nicht hier. Er hat an der Grenze zu tun. Wie wäre es, wenn du morgen noch mal wiederkommst? In der Zwischenzeit will ich sehen, was ich tun kann.«

»In Ordnung«, sagte ich trocken und freute mich, einen Schritt weiter zu sein. »Danke vielmals.«

Ich spazierte zurück Richtung Innenstadt. Ich hatte kein Ziel und gelangte zufällig in ein Viertel, das von Afghanen bewohnt wurde. Einige meiner Landsleute hatten sich hier in Peschawar eine neue Existenz aufgebaut, verkauften Musikinstrumente oder Gewürze, manche aber auch Waffen. Gerne wäre ich mit dem einen oder anderen in belanglosen Kontakt getreten, um zu reden, mich als Afghane erkennen zu geben, doch die Gefahr war groß, in muslimische Kreise zu geraten, die Soldaten für die Mudschahedin rekrutierten. Also ließ ich es bleiben und zog weiter.

Ich nächtigte erneut auf dem Hoteldach, hatte mit denselben Problemen zu kämpfen wie die Nacht zuvor und war genauso früh wieder unterwegs wie am Morgen davor. Das unbändige Verlangen nach einer kühlen Dusche trieb mich von einem Ort zum anderen, obwohl ich wusste, dass ich nirgends eine Möglichkeit zum Duschen finden würde. Hier und da eine eisgekühlte Cola, das war alles, was an Erfrischung möglich war.

Der Inhaber einer noblen Boutique ließ mich nach dem Hinblättern einiger Geldscheine sein Telefon benutzen. Wieder versuchte ich, Deldjan Khan zu erreichen. Um sicherzugehen, dass ich nicht ins Ausland telefonierte, beobachtete der Ladenbesitzer jeden meiner Handgriffe aus nächster Nähe.

Plötzlich kamen zwei Polizisten in den Laden. Sie trugen die für Pakistan typischen britischen Uniformen, runde Helme und Schlagstöcke. Ich gab mich unbekümmert, zumal ich nun jemanden von Deldjan Khans Büro in der Leitung hatte. Doch wie bereits am Vortag legte die Person einfach auf, nachdem ich sie gebeten hatte, mich mit dem General zu verbinden. »Das kann jeder sagen«, war die unfreundliche Antwort, als ich beteuerte, ein Freund aus Afghanistan zu sein.

Die beiden Uniformierten waren durch meine Worte neugierig geworden.

»Was wollen Sie von Deldjan Khan?«, fragte der eine, nachdem er mich durch Schulterklopfen zum Umdrehen aufgefordert hatte.

»Ich kenne ihn aus Afghanistan«, erwiderte ich, um Gelassenheit bemüht. »Wir sind gut befreundet. Er hat mir gesagt, wenn ich einmal in Peschawar bin, solle ich ihn anrufen.« Die beiden Polizisten musterten mich. Meine Erscheinung passte mit Bestimmtheit nicht in das Bild jener Leute, die Deldjan Khan seine Freunde nennen würde. Sie glaubten mir kein Wort.

»Können Sie sich ausweisen?«

»Ja. Aber ich habe meinen Ausweis im Hotel.«

»Dann müssen wir Sie leider mitnehmen, bis wir alles überprüft haben.«

Sie führten mich aus der Boutique und ließen mich in ihren Jeep steigen, der nur ein paar Meter vom Laden entfernt am Straßenrand geparkt war. Ich nahm an, dass sich einer der beiden ans Steuer setzen würde, doch in der Fahrerkabine saß schon jemand, sodass ich zwischen den Polizisten auf einer Sitzbank im Laderaum Platz nehmen musste. Für einen Augenblick überlegte ich, ob sie wohl bestechlich wären, doch den Gedanken verwarf ich wieder. Das konnte nicht wahr sein, dachte ich verzweifelt. Ich hatte mein Ziel doch beinahe erreicht, und nun saß ich wieder fest.

Wir fuhren zur Stadtmitte. Auf einer großen Kreuzung versuchte ein Verkehrspolizist, das Chaos zwischen Rikschas, Fahrrädern, Autos, Tieren und Passanten zu regeln, aber letztlich stand er dem Durcheinander machtlos gegenüber. Wir steckten fest. Es ging weder vor noch zurück. Durch das kleine Fenster zur Fahrerkabine konnte ich den Fahrer seufzen und fluchen sehen. Der Polizist links von mir kramte in seinem Hemd nach einer Zigarette und dann nach dem Feuerzeug, der andere schien verärgerten Blickes abwesend. Plötzlich kam es mir vor wie ein Spiel. Wie oft hatte ich schon in einer solchen Situation gesteckt, wie oft war es mir gelungen, den Überraschungsmoment zu meinem Vorteil auszunutzen. Gewiss würden sie nicht mit meiner Flucht rechnen. Sie wussten ja nicht, dass sie es mit dem schnellsten Flüchtling des Hindukusch zu tun hatten.

Ich wartete, bis der Raucher sich die Zigarette angezündet hatte und tief inhalierte, dann sprang ich aus der Reihe und aus der offenen Rückseite des Wagens und tauchte in der Menge unter. Ich rannte los, wusste nicht, ob sie mir folgten, rechnete eigentlich nicht damit, hoffte nur, in diesem Trubel mit meinem auffälligen Verhalten nicht gleich den nächsten Polizisten in die Arme zu laufen.

Nach einigen Minuten, in denen ich immer wieder die Richtung wechselte und durch verschiedenste Straßen rannte, betrat ich ein Geschäft, um mir einen neuen weißen Hut zu kaufen. In aller Ruhe sah ich mir die Auslagen an, bis ich mir sicher war, dass mir niemand gefolgt war. Dann begab ich mich wieder auf die Straße.

Der General

Abends um acht ließ ich mich mit einer Rikscha wieder zum Tennisclub fahren. Diesmal fand ich das Tor verschlossen vor. Ich klopfte und sprach mit dem Wachsoldaten. Ich sei gestern schon hier gewesen, erklärte ich, sein Vorgesetzter wisse über mein erneutes Erscheinen Bescheid.

Er nickte, zog ab und kam kurz darauf mit einem Offizier zurück, der Unwissenheit vorgab und mir dieselben Fragen stellte wie gestern sein unfreundlicher Kollege.

Deldjan Khan ist aber mein Freund, versicherte ich ihm nach einigen Erklärungen, die von den gestrigen nicht wesentlich abwichen.

»Dafür sehen Sie ziemlich dreckig aus.«
»Ich weiß.«
»Warum haben Sie sich nicht anständig angezogen?«
»Ich hatte keine Gelegenheit dazu.«
Er zögerte. Dann sagte er: »Kommen Sie mit.«

Auch ohne seine Bemerkungen hätte ich mich für mein ungepflegtes Aussehen reichlich geschämt. Und dennoch mischten sich Aufregung und Vorfreude in meine Bedenken, während ich durch all den Luxus und an all den konsternierten Blicken vorbei bis zur Küche des Clubs geführt wurde, wo ich erst einmal zu warten angehalten wurde.

»Der General ist noch mit seinem Spiel beschäftigt«, sagte der Offizier. »Bleiben Sie hier. Hier fallen Sie wenigstens nicht groß auf.«

Ein Kind hätte seine Ungeduld vermutlich nicht weniger verbergen können. Nervös verfolgte ich durch eine große Scheibe das Geschehen auf den Courts. Am liebsten hätte ich mitgespielt. Es war Monate her, seit ich das letzte Mal einen Tennisplatz gesehen hatte. Deldjan Khan erkannte ich sofort an seinem weißen Stirnband und seiner typischen Spielweise. Er spielte Doppel, aber auch seine Partner kamen mir bekannt vor. Der Koch reichte mir ein Glas Wasser. Wir kamen ins Gespräch, und als ich ihm erzählte, wie ich hergekommen war, musste er lachen.

Über eine Stunde wartete ich so in der Clubküche, bis ich sehen konnte, wie Deldjan Khan das Handtuch gereicht wurde und die vier Spieler sich die Hände schüttelten. Dann verließen sie den Platz. Nun erkannte ich auch zwei weitere Gesichter. Reas Khan und Ahwal Khan. Früher in Kabul hatte ich oft gegen die beiden gespielt, und nun schien das Schicksal uns wieder zusammenzuführen. Es war unglaublich. Ich war gerührt, spürte die Wärme in meinem Herzen, zweifelte kaum noch daran, dass bei so vielen bekannten Gesichtern und vertrauter Umgebung noch etwas schiefgehen konnte. Hatte ich es tatsächlich geschafft?

Der Offizier betrat den Court, marschierte auf Deldjan Khan zu und salutierte. Nach einem kurzen Wortwechsel winkte der General mich zu sich. Ernst und streng wirkte er dabei. Ich leistete Folge, und für den Bruchteil einer Sekunde fiel mir Allamak Khan wieder ein.

Blicke voller Skepsis hefteten sich an meine Person, während ich mich Deldjan Khan näherte.

»Wer bist du?«, fragte er.

»Nadjib«, sagte ich unsicher, als erwartete ich mit dem Aussprechen meines Namens Zustimmung. Aber die Zustimmung blieb aus. Deldjan Khan schien mich nicht zu kennen.

»Nadjib«, sagte ich noch einmal. »Der Sohn von Hamid.«

»Hamid? Nadjib Hamid?«

Ich nickte.

»Der Tennis-Nadjib?«

»Ja«, sagte ich.

Nun ging ein Leuchten über sein Gesicht, ein Leuchten, das Freude, Überraschung und Ungläubigkeit gleichermaßen ausdrückte. Ein Leuchten, das schnell erlosch und einer militärischen Strenge wich, als er sich dem Offizier zuwandte und fragte: »Warum habt ihr ihn nicht früher zu mir gebracht?« Doch die Antwort gar nicht abwartend, umarmte er mich herzlich, dann klopfte er mir auf die Schulter.

»Hier haben wir den besten Tennisspieler, den ich kenne«, sagte er stolz und präsentierte mich seinen Leuten. »Er ist mein Gast.« Und an mich gerichtet: »Was ist denn mit dir passiert?«

Ich hielt mich bewusst sehr kurz mit meinen Erklärungen, worauf er meinte, hier sei ich in Sicherheit, hier bräuchte ich keine Angst zu haben. Ich sei sein Gast, mir solle es an nichts mangeln. Wo denn meine Koffer seien?

»Das ist alles, was ich habe«, erwiderte ich.

Deldjan Khan lachte. Der mahnende Zeigefinger galt dem Offizier.

»Das soll aber nicht so bleiben. Fahrt ihn in die Stadt und kleidet ihn ein. Danach bringt ihn zu mir nach Hause.«

Wem Ehre gebührt

Von Bediensteten zum Einkaufen chauffiert zu werden, war mir von früher her vertraut, in der jetzigen Situation befremdete mich dieses Privileg jedoch. Obwohl ich selbstverständlich nichts dagegen einzuwenden hatte, überwältigte mich diese herzliche Aufnahme und Fürsorglichkeit doch. In einer Boutique durfte ich mich mit ein paar Hemden, Schuhen und Jeans einkleiden und den Offizier für alles bezahlen lassen. In den kommenden Tagen würde ich mich mit existenziellen Fragen wohl nicht auseinandersetzen müssen.

Der Offizier fuhr mich in eine wohlhabende Gegend. Arm und Reich lebten in Pakistan streng getrennt, eine Mittelschicht gab es nicht. Am Tor zum großen Anwesen des Generals hielten zwei Polizisten Wache, nach deren Kontrolle durften wir passieren und folgten einer langen Privatstraße durch hübsch angelegte Grünflächen mit Teichen und üppigen Pflanzen.

Meine Unterkunft befand sich im Gästehaus, wo ich von einem Diener empfangen und in die Gästewohnung geleitet wurde. Eine prunkvolle Einrichtung mit Teppichen, Kunstgegenständen, Fellen an der Wand und farblich abgestimmten Möbeln erwartete mich, über dem riesigen Bett im Schlafzimmer hing ein feinmaschiges Netz zum Schutz vor Moskitos. Überwältigt und voller Freude warf ich mich auf die luxuriöse Schlafstätte. Die anschließende Dusche schien Ewigkeiten zu dauern, ich wollte das warme, gleichsam erfrischende Wasser gar nicht mehr abstellen. Bereits freute ich mich auf eine lange Nacht, auf einen erholsamen Schlaf in einem sauberen Bett und wollte mich schon hinlegen, als es an der Tür klopfte.

Ein englisch gekleideter Diener erkundigte sich nach meinem Wohlbefinden und ließ ausrichten, der General erwarte mich zum Abendessen. Also zog ich mich wieder an und folgte dem Butler durch mehrere lange Korridore bis zum Speisesaal.

Am Ende einer langen Tafel saß der General mit seiner Gattin. Nach einer herzlichen Begrüßung durfte ich mit ihnen ein üppiges Mahl genießen, wobei Deldjan Khan mich über die letzten Jahre meines Lebens und die Geschehnisse in Afghanistan ausfragte. Und weil ihm meine Müdigkeit nicht entging, entließ er mich bald wieder mit dem Vorschlag, am nächsten Morgen gemeinsam ausgiebig zu frühstücken und anschließend in sein Büro zu fahren, um alles Weitere zu besprechen.

»Schlaf dich erst einmal aus«, sagte er mitfühlend. »Über deine Zukunft werden wir uns dann morgen unterhalten.«

Deldjan Khan erschien in der Uniform zum Frühstück. Als er mir nach einem köstlichen Essen sein Anwesen zeigte, wirkte er mit seinem Holzstock wie ein edler Brite. Ich war beeindruckt von der Schönheit der Parkanlage, den üppig blühenden Pflanzen links und rechts der Wege. In einem komfortablen Auto wurden wir nach unserem kleinen Spaziergang in sein Büro chauffiert, wo wir uns wie versprochen über meine Pläne unterhielten.

Zwei Destinationen kämen für mich infrage, erklärte ich, wohlwissend, keine Papiere mehr zu besitzen, was die Sache nicht einfach machte. In den Vereinigten Staaten würden Freunde von mir leben, und in der Schweiz, wo ich geboren wurde, meine Mutter.

Deldjan Khan hörte aufmerksam zu. »Ich kenne mich in Sachen Ausreise nicht sonderlich aus«, gab er zu. »Aber lass mich für dich das Außenministerium in Islamabad anrufen. Du kennst doch bestimmt noch Babor Khan. Er arbeitet dort und kann dir sicherlich weiterhelfen.«

»Babor Khan«, wiederholte ich und suchte noch in meinem Gedächtnis nach einem Gesicht zu diesem Namen, da hatte der General schon den Hörer in der Hand. Nach wenigen Minuten schien alles geregelt zu sein.

»Du kannst jederzeit nach Islamabad fahren. Babor Khan weiß Bescheid und wird dir mit Vergnügen helfen. Aber vorerst bleibst du doch noch ein paar Tage bei mir, ich würde mich darüber sehr freuen. Ich habe für heute Abend ein paar Freunde in den Tennisclub eingeladen. Zu deinen Ehren. Du sollst an meiner Seite Doppel spielen. Gegen die zwei besten Spieler aus Peschawar. Tust du mir diesen Gefallen?«

»Ich weiß nicht ...«

»Du wirst doch bestimmt noch ein paar Tage mein Gast sein?«

»Ich fühle mich sehr geehrt, aber ... ich habe seit Ewigkeiten kein Tennis mehr gespielt. Und ausgerüstet bin ich auch nicht.«

»Keine Ausreden«, sagte er bestimmt. »Ich weiß, wozu du imstande bist. Und für die richtige Ausrüstung sorge ich schon.«

Er hatte schon wieder den Hörer in der Hand und fing an, die verschiedensten Leute anzurufen und von mir zu erzählen. Der afghanische Tennismeister sei in der Stadt und spiele heute Abend mit ihm ein Schaudoppel im Club. Das Spektakel dürfe man sich auf keinen Fall entgehen lassen. Deldjan Khan schien Überzeugungskraft zu besitzen und einiges bewegen zu können, denn am Abend erwartete mich im Club eine große Cocktailparty. Zahlreiche Gäste hießen mich herzlich willkommen, etlichen Freunden und Bekannten des Generals wurde ich vorgestellt, sodass ich bald nicht mehr wusste, wo mir der Kopf stand. So viel Anteilnahme, Bewunderung und Begeisterung überforderten mich angesichts meiner Erlebnisse in den Wochen zuvor. Auch geriet ich durch die Erwartungshaltung der Gäste, die der General mit seiner Ankündigung sehr hoch geschraubt hatte, ziemlich unter Druck. Ich besaß keine Spielpraxis und Matcherfahrung mehr, den Qualitäten eines Landesmeisters würde ich kaum gerecht werden können, von meiner körperlichen Verfassung ganz zu schweigen. So fiel mein Spiel denn auch bescheiden aus. Doch den Zuschauern genügte die Darbietung, sie beglückwünschten mich, schüttelten mir die Hände, Deldjan Khan war zufrieden, und der Abend machte Spaß, obgleich

ich mir mehr als einmal wünschte, der ganze Zirkus möge bald ein Ende nehmen.

Breakfast in America

Ich blieb zwei weitere Tage in Peschawar bei Deldjan Khan. Dann bat ich ihn um sein Einverständnis für die Weiterreise nach Islamabad. Er bedauerte meinen Entschluss, verstand aber, dass ich nicht länger bleiben wollte, und besorgte mir eine Busfahrkarte. Der Abschied fiel mir dennoch schwer, ich wusste nicht, wie ich ihm danken konnte für seine Gastfreundschaft und Hilfe, ohne die ich vielleicht nie aus Pakistan herausgekommen wäre. Ob er meinen späteren Dankesbrief je erhalten hat, entzieht sich meiner Kenntnis, ich habe nie wieder etwas von ihm gehört.

Ich reiste im Luxusbus nach Islamabad. Die Fahrt in der Junihitze dauerte über vier Stunden, war dank eines bequemen und klimatisierten Innenraumes aber sehr angenehm. In der Stadt fuhr ich mit einem Taxi zum Außenministerium. Jemand vom Empfang brachte mich sofort in Babor Khans Büro, wo ich einige Minuten wartete, bis er kam und mich zur Begrüßung herzlich umarmte. Wir setzten uns und fingen an zu reden. »Was möchtest du denn tun?«, fragte er, und ich merkte, dass er ernsthaftes Interesse daran hatte, mir zu helfen. »Wo willst du hin?«

»In die USA«, antwortete ich, ohne zu überlegen. »Ich will ins Land der unbegrenzten Möglichkeiten.«

»Ist deine Mutter dort?«

Ich schüttelte den Kopf. »Sie ist in die Schweiz zurückgereist.«

»Und warum willst du dann nach Amerika?«

Ich schwieg. Warum eigentlich nicht, dachte ich, aber ich zuckte nur mit den Schultern. Eigentlich war es mir egal, ich war nur müde und wollte endlich weg.

»Du hast keine Papiere«, sagte er. »Was du brauchst, ist ein Flüchtlingspass, ein sogenannter Laissez-Passer. Die UNO-Vertretung in Islamabad kann dir ein solches Reisedokument ausstellen. Aber zur Einreise brauchst du eine Bestätigung vom Einreiseland. Dafür muss deine Mutter eure familiäre Beziehung bestätigen.«

»Also in die Schweiz«, sagte ich.

Babor Khan nickte. »Das ist das Einfachste«, sagte er.

Er bestellte mir einen Wagen mit Chauffeur, der mich zum UNO-Gebäude brachte. Dort nahm nach kurzer Wartezeit eine Sachbearbeiterin mein Anliegen entgegen und führte mich dann in ein Büro, wo zwei andere Beamte meinen Fall bearbeiten sollten. Weil Babor Khan sie bereits informiert hatte, lief alles reibungslos ab. Sie verwiesen mich im Anschluss an die Schweizer Botschaft, wo ich mit Bern und mit Mutter Kontakt aufnehmen sollte.

Beim Verlassen des UNO-Gebäudes hielt mir plötzlich jemand von hinten die Augen zu.

»Rate, wer ich bin«, hörte ich eine Frauenstimme sagen.

Überrascht und erschrocken schob ich die Hände von meinem Gesicht und drehte mich um. Da stand die Mutter meines Freundes Rahman vor mir.

»Tante Djamila«, sagte ich. Ich war genauso verblüfft wie sie. »Was tust du denn hier?«

Wir nannten sie alle Tante, um damit zu zeigen, wie vertraut sie uns war. Die Freude über das Wiedersehen war riesig, ebenso natürlich die gegenseitige Neugier.

»Du musst unbedingt mitkommen«, sagte sie. »Rahman und Zia werden sich freuen, dich zu sehen.«

»Zia ist auch hier?«

»Ja«, sagte sie.

»Das ist ja … mir fehlen die Worte.«

Als wir noch in unserem großen Haus im Bezirk Shar-i-Nau gewohnt hatten, waren sowohl Rahman wie auch Zia Nachbarn gewesen und gleichzeitig gute Freunde. Längst hatte ich Rahman aus den Augen verloren. Ich hatte schon das Schlimmste für ihn befürchtet, und nun wollte es das Schicksal, dass wir uns hier in Islamabad wiederbegegneten.

»Los«, sagte Tante Djamila, »lass uns die beiden überraschen.«

Laute Musik dröhnte bis auf die Straße. Als ich das Wohnzimmer betrat, hörten Rahman und Zia mich nicht. Sie saßen mit dem Rücken zu mir, der Stereoanlage zugewandt. Es lief »Breakfast in America«, das neueste Album von Supertramp. Ich sagte Hallo, und da drehten sie sich um. Einige Sekunden verstrichen, bis sie mich erkannten – ich trug meine Haare mittlerweile sehr kurz und niemand rechnete ja im Geringsten mit mir. Doch dann war die Begeisterung groß. Wir lachten und umarmten uns, hatten Tränen in den Augen vor Freude und Rührung, und dann folgte ein magischer Moment der Stille, in dem ich mich zu ihnen setzte und ebenfalls der Musik zuhörte. Wenn heute irgendwo diese Songs von Supertramp gespielt werden, fühle ich mich jedes Mal in diesen bewegenden Augenblick zurückversetzt, in dem ich meine tot geglaubten Freunde wiedersah, mit dem Wissen, sie schon bald wieder verlassen zu müssen.

Später, als wir uns über vergangene Zeiten unterhielten und über die Ungewissheit der Zukunft, erfuhr ich von Rahman, dass er schon seit einem halben Jahr in Islamabad auf sein Einreisevisum für die USA warte. Er hatte gute Beziehungen in den Staaten, doch auf die Einreisebestätigung wartete er immer noch.

Babor Khan lud mich dazu ein, sein Gast zu sein, bis alle Formalitäten mit der Schweizer Botschaft geklärt sein würden. Ich lehnte dankend ab, weil ich nicht schon wieder einem lieben Menschen zur Last fallen wollte und weil ich noch etwas Geld übrig hatte für die Übernachtungen in einer Pension, die ganz in der Nähe von Rahmans Wohnung lag. So konnte ich der Schweizer Botschaft Rahmans Adresse hinterlassen für Neuigkeiten aus Bern. Rahman hatte mich auch zur Botschaft gefahren, wo ich ausführlich befragt wurde und die Möglichkeit erhielt, mit Mutter zu telefonieren, um unsere familiäre Beziehung zu bestätigen. Von nun an hieß es warten.

Noch am selben Tag setzte ich mich hin und schrieb einen Brief an Vater und Wahid. Ich ließ sie wissen, dass es mir gut ging, und beschrieb ihnen ausführlich die verschiedenen Etappen meiner Ausreise bis nach Islamabad. Ich nannte alle Namen meiner Fluchthelfer: Wais, Kamal, Abbas, Deldjan Khan und Babor Khan. Ich drängte darauf, dass mein Bruder die gleiche Möglichkeit erhielt, aus dem Land zu fliehen.

Am nächsten Abend folgte ich einer Einladung Babor Khans in seinen Tennisclub. Wieder wurde ich vielen Leuten vorgestellt, was mich ehrte und auch nett gemeint war, doch wünschte ich mir, nur noch mit meinen Freunden aus Kabul zusammen sein zu können. Ich wusste nicht, wie lange wir diese Zeit noch gemeinsam genießen konnten, und es gab so vieles zu erzählen. Wir gingen aus, ins Kino, feierten, ließen es uns gut gehen, hatten viel Spaß in den zwei Wochen, in denen ich auf mein Visum aus Bern wartete. Ich lernte die Stadt kennen und noch einmal ein paar nette Menschen, die ebenfalls in Islamabad warteten, um in eine ungewisse Zukunft zu reisen.

Der Tag der Abreise kam.

Glückspilz

Mit dem Visum der Schweizer Botschaft konnte ich mir bei der UNO den Laissez-Passer ausstellen lassen, wie Babor Khan mir erklärt hatte. Mein Onkel aus Basel hatte für die Bezahlung meiner Reise garantiert, sodass ich bei der Swissair für den 8. Juli 1979 einen Flug von Islamabad über Karatschi nach Zürich buchen konnte. Als ich mein Ticket in der Hand hielt, konnte ich es kaum fassen. Im Vergleich zu Rahman, der seit einem halben Jahr in Islamabad festsaß, hatte ich Glück, dass alles so schnell geklappt hatte. Aber rückblickend hatte ich immer Glück gehabt. Rahman freute sich für mich, obschon er den Neid verständlicherweise nicht ganz unterdrücken konnte. Wir waren Freunde. Irgendwann würde bestimmt auch er nach Amerika ausreisen können.

Rahman, Tante Djamila, Zia und ein paar andere Freunde begleiteten mich am Morgen des 8. Juli zum Flughafen. Mit gemischten Gefühlen lud ich meine Tasche aus dem Kofferraum. Einerseits war ich überglücklich, es endlich geschafft zu haben, andererseits spürte ich heftige Wehmut in meiner Brust. Wieder stand ein Abschied bevor, der endgültige Abschied. Traurig war ich und wütend zugleich, wütend über das ewige Weggehen, das ständige Verlassen-Müssen meiner besten Freunde, meiner Mitmenschen, meines geliebten Landes.

Ich war nicht fähig, mich noch einmal umzudrehen. Es schien, als hätten sich alle Regungen in mir, sämtliche Empfindungen plötzlich in Luft aufgelöst, als hätte der warme Wind meine Seele weggetragen und nur eine emotionslose Hülle zurückgelassen.

Von Gleichmut getrieben, passierte ich mit meiner Tennistasche, in der nicht mehr als ein Hemd, eine Hose und ein paar persönliche Dinge steckten, die Kontrollen. Keiner der Beamten wusste etwas mit meinen Dokumenten anzufangen, aber das brachte mich nicht mehr aus der Ruhe. Es war mir gleichgültig, ich wusste nur, ich würde mein Leben hier zurücklassen.

Auf dem Flughafen der pakistanischen Hafenstadt Karatschi musste ich einen ganzen Tag lang auf den Anschlussflug warten. Abgesehen von einigen Telefongesprächen mit der UNO und Babor Khan – die Beamten waren auch hier nicht imstande, meine Papiere zu identifizieren – saß ich unbeteiligt irgendwo auf einem Sessel und wartete. Vierundzwanzig Jahre zuvor waren Mutter und Vater ebenfalls über Karatschi nach Afghanistan eingereist, gerade vier Monate war ich da alt gewesen.

Es war dunkle Nacht, als wir auf die Startbahn rollten. Im Flugzeug herrschte Hektik. Die Maschine war in Karatschi nur zwischengelandet, daher waren die meisten Sitze bereits belegt, als ich mit ein paar anderen Fluggästen zustieg. Die Stewardess stellte fest, dass mein Platz doppelt belegt und somit schon besetzt war. Sie verschob mich in die erste Klasse.

Was für ein Glückspilz ich doch war.

Entwurzelt

In Basel zog ich fürs Erste zu Mutter, ehe ich mir eine kleine Wohnung nahm. Ich brauchte Zeit, um mich selbst zu finden. Die Sprache bereitete mir Mühe, ich wusste nicht, womit ich meinen Lebensunterhalt verdienen sollte. Ich hätte mich um ein Studium kümmern können, aber nach all den Ereignissen fehlte mir die Energie dazu.

So beschloss ich, das zu tun, was mir am meisten lag und was letztlich wohl auch meine Flucht aus meiner Heimat begünstigt hatte. In einem großen Tennisclub begann ich zu trainieren und trat zu Turnieren in der Region an, die ich allesamt gewann. Ein kleinerer Club wurde so auf mein Sporttalent aufmerksam und fragte mich, ob ich Interesse daran hätte, Jugendliche zu trainieren. Ein Jahr später war ich ausgebucht.

Sechs Monate nach meiner Ankunft reiste mein Bruder Wahid in die Schweiz ein. Dieselben Fluchthelfer hatten ihm und einem Freund die Flucht ermöglicht, sie hatten das Land auch auf derselben Route verlassen. Ich gab meine kleine Wohnung auf und wir drei zogen zusammen. Vater gelang 1981 mit seiner neuen Familie die Flucht nach Amerika. An der Ostküste, in Virginia, musste er bei null anfangen und verdiente, wie viele andere geflohene Landsleute, sein Geld als Taxifahrer. Ich konnte ihn dort glücklicherweise ein paar Mal besuchen, bevor er 2007 verstarb. Auch zu all meinen Freunden, die es geschafft hatten, dem Terror zu entkommen, und in den verschiedensten Ländern der Welt eine neue Heimat gefunden haben, pflege ich engen Kontakt. Wir telefonieren viel und besuchen uns gegenseitig. Zidik, Rahman und auch Wais leben heute in Kalifornien. Nasrin kam ein Jahr nach meiner Flucht nach Frankreich. Wir hätten heiraten müssen, damit sie hätte bleiben können, aber dazu war ich nicht in der Lage und glaubte auch nach einigen gemeinsamen Wochenenden, dass wir nicht füreinander bestimmt sind.

Seit dreiunddreißig Jahren lebe ich nun in der Schweiz. Ich bin mit einer Schweizerin verheiratet, habe zwei erwachsene Töchter und führe ein Tenniscenter. Dreiunddreißig Jahre lang habe ich keinen Fuß mehr in das von Krieg und Korruption zerrüttete Afghanistan gesetzt. Obwohl ich glücklich bin und es mir an nichts mangelt, ist mein Verlangen nach einer Reise dorthin groß. Die Angst vor Enttäuschung und Ablehnung aber ebenso. Ich möchte wieder in meine Stadt zurück. Ich möchte wieder die Luft in Kabul atmen. Doch es wird nicht mehr dieselbe Luft sein.

Manchmal weiß ich nicht, wo ich zu Hause bin. Dann würde ich am liebsten losrennen. Aber wohin?